Lueurs en plein naufrage

FSC
www.fsc.org
MIXTE
Papier issu
de sources
responsables
Paper from
responsible sources
FSC® C105338

Yann Prigent

Lueurs en plein naufrage

Edition : BoD - Books on Demand
12/14 rond-point des Champs-Elysées, 75008 Paris.
Impression : BoD – Books on Demand
Norderstedt, Allemagne.
ISBN : 978-2-3222-0234-8.
Dépôt légal : février 2020.

Premier chapitre

Il ne lui restait plus que quelques jours pour que le fleuve Vardar devienne son compagnon de route. Aux détours de Belgrade et d'Athènes, Herald Gandelin espérait bien entrevoir les immuables beautés d'un échantillon du royaume aboli de Byzance. Un endroit ayant bénéficié de l'influence de divers empires au cours du temps. La Macédoine du Nord, ainsi récemment désignée, aspirait à s'éloigner des tempêtes et des orages qui avaient traversé les siècles. Quel serait son destin ? Nul ne le savait. Cependant, la région se situait à des latitudes toujours incertaines, assez métamorphes. De même que d'autres pays, comme les Etats Baltes au nord de l'Europe, la Macédoine avait toujours tangué.

Les coordonnées de ces espaces tremblants de l'Histoire restaient avec insistance entre deux eaux. Subissant, comme presque partout, les affres de la Première Guerre Mondiale, certaines contrées n'avaient jamais su, depuis lors, à qui ou quoi se rattacher. Les orbes aveuglants de l'utopie soviétique s'étaient estompés avec le temps. Depuis environ trente ans. Plus besoin de pactes. Ces contrées chahutées semblaient s'être éclatées de manière incontrôlable, et au fond, personne ne savait ce que voulaient vraiment leurs peuples. De fait, les démocraties modernes roulaient-elles réellement pour les peuples ? Ou bien pour des hauts commissaires qui, par-delà les Etats, faisaient naître des vocations réfractaires chez des prêtres d'un nouveau genre, pas encore soldats, et toujours vêtus de myrtes d'or. Pour l'instant, il ne semblait y avoir eu de révolutions que celles qui furent autorisées, et on s'acheminait, dans l'Europe entière, vers une issue semblable.

A l'ombre de ces conjectures, Herald avait hâte de monter sur la passerelle du mini paquebot de 36 mètres qui l'emmènerait dans des vallées paisibles. Loin de toutes disproportions, et pour commencer, loin des légendes. Il ne voulait pas savoir, par exemple, ce que cela avait bien pu signifier pour ses lointains ancêtres, d'embarquer sur un ogre des mers comme le RMS Lusitania. On était en 2023, pas en 1915, et il était bien incapable de s'imaginer au milieu d'une mer d'Irlande agitée, piégé au creux d'une coque géante et trouée par les Allemands, le tout avec le plein de munitions gaspillées dans de très discrètes cales. Lui, il s'en foutait. Il se voyait déjà aller, avec le courant, vers des paysages différents de sa Bretagne. La casquette « Airborne » vissée sur le caillou, dans le sens du vent, arpentant fièrement le pont comme un amiral le long du bastingage, il s'en irait flotter à travers les collines. La croisière dans les Balkans n'attendait plus que les quelques touches formelles. Herald devait recevoir son numéro de cabine, accompagné d'une fiche détaillant les services qui lui seraient accordés, ainsi que les essentielles heures du départ et du retour. Toutes les informations annexes à sa réservation sur le River Delta allaient enfin lui parvenir, il l'espérait, dans la soirée.

Cela s'annonçait pour le mieux. De savoureux congés débutaient, et pour lui, les deux prochaines semaines se dérouleraient logiquement dans une nappe d'oisiveté insolente. Avec quelques sensations, tout de même, et puis de la découverte. Depuis longtemps, tout ce qui jalonnait les jointures de l'Europe de l'Ouest et de l'Orient, jusqu'aux confins de l'Asie, ce dont l'histoire avait été faite d'un mélange de cultures très diverses, l'attirait singulièrement. L'airbus A 321, ayant quitté la France, le conduirait d'abord à Thessalonique, puis il prendrait un vol transitoire vers Sarajevo. Voyageur suffisamment aventureux pour ne pas s'ennuyer à bord d'un grand navire le long de l'Elbe ou de la Volga, pour autant il n'était pas assez vaillant pour choisir un itinéraire vers le détroit d'Ormuz ou celui de Bosphore, nœuds de conflits qu'il ne tenait pas spécialement à parcourir.

C'était un peu plus au nord qu'il comptait se diriger. Sur le fleuve Vardar, donc, et dans ses alentours. Plusieurs destinations étaient en vue. Il y avait tout un itinéraire organisé par la compagnie nautique. Les cinquante passagers en auraient pour leurs frais. Cela dit, c'était une croisière à bas prix. Assez écolo. Du reste, qui n'était pas écolo, de nos jours ? C'était la règle. Selon les nouveaux préceptes, particulièrement adoptés par la France, les citoyens pouvaient prendre des mesures « en faveur du climat », et ainsi, tout le monde se sentait un grand homme. Ou une grande dame, ou bien un droïde mutant. Selon les choix. Bientôt les gens seraient multicolores, ça arrangerait tout le monde. Et bientôt il y aurait des trucs en ferraille à notre service, se disait Herald. Bientôt…

On avait passé 2019, et ce n'était pas encore « Blade Runner ». Philip K.Dick, adapté par Ridley Scott, l'avait prédit, ce monde au bord du précipice, mais pas comme ça. Il avait un peu plus de gueule le sien, alors que nous tentions encore de sauver un monde à l'esthétique très douteuse, et sans l'aide du cinéma. Pas de héros à la façon de Ian Flemming, aujourd'hui c'était plutôt l'époque du Joker version Todd Philips. S'il le souhaitait, Herald pouvait prolonger ses congés indéfiniment. En payant un robot. Qui ferait son travail à sa place. C'était magique. Presque. Les gens ne se demandaient pas trop pourquoi. Enfin, c'était comme ça avec la nouvelle présidence. On touchait une prime si on n'allait pas travailler. Incroyable. Bah oui, forcément, par rapport à l'empreinte carbone. Il avait fallu agir, depuis l'époque de contestation des gilets fluos. La goutte de carburant de trop, y avait eu. Une petite douche chaude de gazoline. Et puis, tout ce vacarme. Ce grondement populaire, on aurait dit que, pour une fois, il n'avait été téléguidé par personne. L'effondrement de la charpente et de la flèche de Notre Dame avait enfin sonner le glas de la décennie.

Depuis une trentaine d'années, les marchés européens s'étaient ouverts, promettant de joyeuses augures, mais il y a, en tout temps, un despote qui règne, même invisible. De plus, les traités limitant la prolifération d'armes balistiques intercontinentales, datant de ce temps-là, n'étaient plus respectés. Plus du tout. Que restait-il de bon ?

Ah…les voyages ! Les tribulations d'Herald à travers le pays, et parfois plus loin encore. Car il y en avait toujours des réserves de pétrole pour visiter et échanger, y avait de quoi faire. Pendant les vacances, Herald prenait souvent le train, mais aussi sa voiture thermique, sa vieille Mazda 3. Il n'allait pas s'en priver. Après tout, il n'était qu'une proie, parmi tant d'autres, de la globalisation à l'américaine. Les plus grandes compagnies qui utilisaient à l'excès les énergies fossiles, jusqu'à anéantir le milieu naturel à l'instar d'un Exxon Valdez, dépensaient déjà 200 millions de dollars par an dans le lobbying pour retarder les politiques environnementales. On en n'était pas encore à l'épuisement, ça rigolait bien en 2023.

Maintenant, c'était mal vu de travailler, et ça arrangeait du monde, très certainement. Même si certains hérétiques, considérés comme extrémistes, prenaient encore leur voiture pour aller se promener en forêt, mais ça ne valait mieux pas. Avec la prime, le travail et les loisirs consistaient à lustrer ou reluquer les diodes du glouton digital. Certes, les petits employés, comme Gandelin, étaient incités à aller au charbon car, en ce qui concerne le robot qu'il fallait payer, c'était le même prix pour tous. En plus, ils ne prévoyaient rien de bien solide pour leurs vieux jours. Du coup, pour lui, ce n'était pas donné. Mais tout irait pour le mieux dans le meilleur des mondes. On ne le savait pas vraiment, mais on pouvait le deviner : à force les humains deviendraient tellement inutiles, qu'ils disparaîtraient. Ou alors ils seraient transformés en machines. Avec des puces dans tous les contours. Herald s'en doutait, lui. Il savait que cette transformation hyper-technologique succéderait inévitablement à la transformation culturelle venant de l'empire à la bannière étoilée. Et après tout, il s'en foutait peut-être, lui qui n'avait pas été spécialement valeureux pendant ses études ou au boulot. Ou bien ça le gonflait un peu quand même. Car, quelque part, il pouvait sentir cette destruction de la civilisation en cours. Les humains coûtaient trop chers. En ce moment, on les rémunérait à ne rien faire. Mais tout ça ne faisait que précipiter leur chute. S'il n'y avait plus de retraités à payer dans le futur, il n'y aurait plus besoin de travailleurs. Constat froid, aussi froid que l'était le regard clair de Gandelin quand il se figurait la force de résistance nécessaire à avoir devant cette décadence sournoise. La bêtise est souvent muette. Et aussi imprévisible, même si on pouvait facilement se douter que les théories transhumanistes accompagnées de toutes sortes de manipulations génétiques annonçaient une nouvelle sélection naturelle. Bientôt on aurait comme référent social Robocop, la créature hybride de Paul Verhoeven.

Devant ces réjouissantes turpitudes, Herald voulait s'évader un peu. C'était naturel. Auparavant déjà, il était revenu d'un endroit à risques, animé par les affres du conflit diplomatique qui divisait toujours certaines régions proches de l'ancienne Union Soviétique. Il se rappelait de l'Ukraine, il y avait alors séjourné pendant un mois, même si cela remontait à quelques années, quasiment à l'époque de Porochenko. Cette fois-ci, il privilégierait le calme aux fréquentations un peu risquées des lointaines Carpates.

Beaucoup de choses s'étaient déroulées depuis les accords de Minsk de 2015. Des voltes-faces, des revirements de pouvoir, et un contexte qui évolue au fil des querelles entre les différents protagonistes. Des batailles rangées. Mais aussi des bagarres de grognards. La vie était plus romantique en Crimée qu'en Bretagne, mais Herald ne voulait pas y retourner pour autant. Ailleurs, vers la capitale Kiev, encore moins. L'atmosphère y paraissait détestable, selon certains. Herald se rappelait avoir 12 ans lors de la réunification allemande, et ça paraissait cool en ce temps-là. Aujourd'hui, beaucoup d'éléments confirmaient la thèse selon laquelle les français avaient été stupides de ne pas faire alliance avec la Russie, mais là c'était un peu tard. Pour l'instant, il avait comme projet de simplement partir. Partir vers l'inconnu. Se détacher de tout. Et dans l'anonymat. Peu importe ce qu'il verrait, des lieux inédits pour lui, des personnages transparents, semblables à des ectoplasmes, ou bien des phénomènes incroyables. Il respectait beaucoup cette quête du voyage. C'était peut-être l'occasion, pour lui, de repartir sur de nouvelles bases.

Herald se souvint de son ancienne excursion, non loin de la mer d'Azov, dont le trafic était toujours contrarié. Il y avait passé un séjour instructif. « Souvent les guerres commencent sur la mer, on s'y noie presque avant de ramper au sol pour finir par s'y entretuer. » Cette réflexion, il l'avait entendue de la bouche d'Hector, un autochtone, aqua-botaniste et ichtyologue, dont l'embarcation avait déjà subi quelques désagréments au large. En effet, une frégate russe avait empêché les scientifiques du navire d'Hector de garder leurs prélèvements sous-marins. L'affaire s'était conclue par une dispute, au retour, au sein du groupe de scientifiques, puisqu'il s'avéra que l'un d'entre eux avait, en quelque sorte, organisé leur mésaventure en envoyant des messages de provocation sur les réseaux sociaux avant d'embarquer. Herald avait trouvé cette histoire rocambolesque, et en avait parlé sur son blog consacré à ses escapades européennes. Il avait pris le parti d'Hector Kolymatchouk et de ses amis, qui s'apercevaient que leur pays, comme d'autres, était sujet à des manipulations pseudo-révolutionnaires qui n'avaient pas pour but, en fait, l'indépendance, mais plutôt le rattachement à l'éternel camp des Occidentaux.

Ailleurs, au sud de l'Ukraine, au-delà de la Mer Noire et de Constantinople, certains pays détournaient des pétroliers, et confisquaient même d'énormes champs d'extraction, le monde et ses réseaux de pouvoir étaient en perpétuelle mutation, et beaucoup se fichaient encore de la notion de développement durable.

De toutes ses incursions en territoire étranger, Herald retenait celle-ci, plus que les autres, il avait même eu le sentiment d'être un intrus, quelque part, puisqu'il représentait un peu le conquérant absurde et grotesque venu de l'Océan Atlantique. Mais, n'assumant pas cette appellation incontrôlée, il avait réussi à bien sympathiser avec Hector. Ils échangeaient régulièrement des mails, et Herald avait d'ailleurs expliqué à son compagnon de route que, par la suite, la plupart de ses écrits sur le net avaient été supprimés. Visiblement, il n'aurait pas dû relater l'incident qui s'était produit près du détroit de Kertch en Ukraine. En d'autres lieux, plus intégrés dans le marché commun, comme la Hongrie ou la Bulgarie, on était moins revêches, mais qu'importe. De toute façon, la censure pouvait arriver partout, et elle ne venait pas forcément d'où l'on pensait, se disait-il. On n'en connaissait pas non plus les raisons, apparemment. Quoiqu'il en soit, Herald ne se contentait pas toujours de partir là où tout eut été forcément paisible. Ce qui l'intéressait pouvait être partout. Même s'il n'était allé, finalement, que dans une petite partie du continent, ses moyens l'obligeant à faire l'impasse sur le reste. Perdu dans ces pensées ayant trait à ses escapades en pagaille, Herald dut faire un léger effort pour revenir au temps présent.

En l'occurrence, sa destination future, après être passé par la Grèce, puis la Bosnie Herzégovine, serait en premier la ville de Koumanovo. Les complications dues aux escales des long-courriers, en rapport au prix des billets, ne le dérangeaient pas plus que cela. Si ça pouvait lui permettre d'arriver à bon port, même en allant du sud au nord pour refaire une moitié de trajet vers le sud, c'était le principal. La région était assez sûre, se disait-il, et bien plus qu'il y a une trentaine d'années, c'était évident. Depuis 1999, et les troubles dans le Kosovo, les territoires de l'ex-Yougoslavie n'avaient pas subi de heurts notables, et la situation était relativement pacifiée.

Puis l'itinéraire fluvial pourrait débuter à travers les vallées et les massifs très arborés de la Macédoine du Nord. Le pays en question était assez sauvage. Un relief boisé, neigeux en hiver, avait pris les caractéristiques des paysages forgés à l'ère quaternaire. Les cirques et terrasses, les hauts pics et les morènes, ravissaient le voyageur qui pouvait même y croiser l'emblématique lynx. Le Vardar, long fleuve zigzaguant jusqu'à la mer Egée, puisqu'il serpentait jusqu'en Grèce en atteignant le mont Olympe, passait par la ville de Vélès et la belle région de Tchachka. Il se divisait en plusieurs affluents, et sa profondeur variable n'acceptait pas d'imposantes carènes. Le voyagiste, via Noura Sailing, avait prévu que le paquebot de poche River Delta ferait d'abord un arrêt à la jonction d'une rivière, trop mince pour être empruntée sur toute sa longueur par un yacht de croisière. A vraie dire, même un petit brick ou une goélette à hunier des ports vaseux de la Bretagne nord ne pourraient guère suivre le cours d'eau, même si les grandes crues des dernières années suffiraient presque à réaliser cet exploit. Seuls des canots pouvaient réellement s'y risquer, c'est pourquoi les voyageurs ayant signé pour le « parcours aventure » devaient le parcourir à bord d'hydroglisseurs. Noura Sailing avait prévu que le restant des passagers puisse attendre à bord du River Delta. Etant donné leur manque d'intérêt, ils s'en tiendraient à arpenter le pont ou à prendre repos dans les cabines.

Herald ferait partie de la première catégorie, bien sûr, toujours prêt à voir où débouche tout accès, les moins curieux se contentant d'un panorama verdoyant, et sirotant un vin du cru depuis le pont du bateau. Celui-ci stagnant non loin de la forteresse de Skopje. Herald se montrait parfois intrépide, en plus il aurait des choses à raconter plus tard dans la boutique où il travaillait. Ensuite, une fois réunis, les passagers auraient droit à un vol d'aérobus, quittant le confort de leurs cabines pour effectuer un aller-retour vers le parc national de Movrovo. En l'espace de deux jours, grâce aux chalets typiques de là-bas, ils apprécieront les charmes quasi-tyroliens de la Macédoine. La sortie de douze jours continuerait en descendant vers le parc montagneux de Galitchitsa, près du somptueux lac Prespa. Cela se terminerait avec le retour et le débarquement à Skopje, la capitale du pays dont l'étonnant arc de triomphe était vanté dans la brochure publicitaire. Herald aurait rapidement le temps de visiter la ville avant de s'envoler vers Nantes à bord de l'A 321. Le départ était prévu pour le samedi quinze juin : deux jours le séparaient encore de l'embarquement.

Par ailleurs, Gandelin avait l'esprit olympique. Bien qu'il savait que nul n'échapperait à son destin, il se voyait avant tout comme un spectateur. Il participait de son époque, sans y être vraiment, sentant la chute arriver. Il pensait être doué d'une sensibilité suffisante et avec des qualités rationnelles qui lui permettraient de prévoir les épisodes épiques à venir. C'est ainsi qu'il souhaitait se débarrasser de sa vieille Mazda 3, à quoi bon garder une voiture qui tomberait encore forcément en panne alors qu'elle ne lui permettait même pas de faire du tout-terrain au cas où ? Il savait bien qu'un Defender, un Patrol, ou un Land Cruiser lui coûterait trop cher rien qu'en entretien, alors il attendait l'occasion de pouvoir trouver un véhicule sur son chemin, par hasard, qu'il pourrait, « emprunter ». Un jour peut-être, quand tout irait mal. Comme un yankee quémandant un vieux pick-up GM, ou un ukrainien du Golfe de Taganrog en quête d'un robuste fourgon Tatra, pour barouder dans la steppe. Ou bien un bricoleur du Caucase prêt à dénicher un improbable machin trafiqué pour aller avec son bidule à chenilles ou son vieux camion MAZ. Après tout, il aurait pu le faire aussi, modifier sa japonaise, et récupérer des pièces ici et là pour conquérir le monde avec, jusqu'à l'Oural. En faire une fusée blindée sur roue, y ajouter un pare-buffle, tout ça, pour s'éloigner, partir au-delà de sa vie ordinaire. Aussi indomptable qu'un transcontinental, il aurait franchi des montagnes avec, conquis d'anciens royaumes, roulé sur l'Autriche-Hongrie, et serait arrivé triomphant à Sébastopol puis à Petrograd, capitale inaliénable de l'empire des Tsars. Bon, en réalité Herald partait en vrille, il n'avait pas l'intention de trouver une nouvelle monture, question de budget, et il ne se voyait pas exactement dans la peau d'un Kazakh rugissant et se ruant sur des terres fertiles. Mais il fallait reconnaître que ça le titillait, ce fantasme. La Mazdator aurait fini par écrabouiller toutes les grandes cités européennes qui restaient engluées dans le fond de la bassine. Ah ! Il ne faudrait pas oublier de prendre le sac d'évacuation, avec un couteau, une lampe, des gants, et un short à l'intérieur. La casquette « Airborne » toujours bien droite.

C'était n'importe quoi, mais il fallait bien rêver un peu à toutes les sortes de connerie pour supporter la misère envahissante. Comment s'en remettre au futur, qui promettait des coups durs un peu partout ? Enfin, il verrait bien ce qui se trouverait à sa disposition. Faudrait s'attendre à n'importe quoi, disaient les gens catastrophistes… Bon, certes, pensait Herald, la plupart d'entre eux étaient aussi compétents en anthropologie que les « artistes » contemporains l'étaient en art, mais ça allait envoyer du lourd, du fracassant, qu'ils disaient. Un prodigieux déclin était à notre portée, c'était promis ! Il fallait juste en être averti. Au début, ça pouvait faire rire, mais au bout d'un moment, ça devenait assez triste.

Triste d'entendre en continue les signaux d'alertes à propos de la nature et tout et tout, de voir que les problèmes liés aux énergies fossiles, même avec tous les majestueux panneaux solaires, aient fini par envahir totalement le champ de la pensée moderne. Car pourquoi, se demandait Herald, presque personne ne s'effrayait de ce qui était déjà là depuis longtemps, envahissante au possible : la bêtise ? Et pourquoi donc, dans ce cas, prêter plus d'attention que cela à des cris oppressants de la civilisation devant ce qu'elle détruisait jour après jour ? Alors que la chair même de l'être humain s'était déjà consumée dans des « modes de vie » atrophiant l'esprit du beau, décharnant l'idée de panache et de farouche honneur. Tout s'achetait à présent, et plus rien n'aurait de valeur dans très peu de temps. A part la vie. Là on reviendrait aux vraies choses, pensa Herald, agacé encore de voir que, face au vide de l'époque, il n'y avait plus qu'à espérer être enlevé par des entités extra-terrestres, à l'instar de quelques huluberlus, lassés de parler trop souvent dans des espaces où ils se trouvaient seuls face à eux-mêmes. La société devenait un zoo où il valait mieux croire aux fées pour avoir encore envie de vivre, et ne pas finir dans un dispensaire de timbrés à trente ans. Il y en avait même qui voulaient se transformer en sorcières affriolantes. Quelle hérésie ! Herald se sentait encore un homme, et il avait l'intuition que sa vision nauséeuse du monde était réaliste, tout cela aurait une fin bientôt, enfin sûrement... la comédie anonyme qui, pour l'instant, entretenait les liens entre les gens avec une légèreté factice, avait déjà commencé à se fissurer. Y suffisait juste d'être un tantinet lucide pour s'en apercevoir. Encore fallait-il s'autoriser à penser...

C'est vrai que sa cervelle ramait parfois, aussi, ça moulinait de la spatule. Y fallait ventiler tout ça. Voilà comment il se mettait à observer les autres, et surtout les brailleurs. Mais qui ne se plaignait pas de quelque chose ? Chacun avait un truc à dire. Lui-même se demandait souvent quel pied foutre devant l'autre, ça trébuchait à répétition. Que faire ? Fallait-il se contenter de contempler le monde, y compris toutes les saletés qui vont avec ? Est-ce qu'on était un lâche quand on était dans l'inaction, en cherchant juste à savoir ? Pour ne pas se tromper. Ou au contraire, cela constituait-il une espèce de sagesse ? Herald se posait ce genre de question, de temps en temps. En attendant de trouver une réponse, il regardait des zouaves se chamailler sur des sujets futiles, des modes faites pour torturer les méninges des consommateurs fébriles. Chacun avait un truc à dire. Mais surtout, pensait Herald, chacun agirait en conscience. Par exemple, beaucoup agitaient le torchon du climat, mais il était déjà bien mouillé. Et les adeptes de l'effondrement systémique semblaient de moins en moins malins. On aurait même pu croire que, s'ils en étaient capables, ces génies assumés deviendraient despotiques afin d'abréger les souffrances qu'ils infligeaient autour d'eux et sur leur propre personne.

Après tout, moulte idées très amusantes étaient fréquemment pointées du doigt, comme le retour à certaines traditions, et donc pourquoi pas la soudaine prise de conscience écologiste, remède parfait à une fin de monde programmée ? Si c'était déjà fini, alors à quoi bon ? A quoi bon réfléchir ? Pourquoi se poser la moindre question ? Herald se sentait désabusé en considérant tout cela. Les humains avaient réussi à atteindre un niveau scientifique de malade. On en était aujourd'hui à fabriquer des nano-technologies pouvant traiter des méga-données. Mais à quoi bon si c'était pour que tout ça parte en rade et se casse la figure ? On avait réussi à faire voler des drones furtifs, une centaine d'années après les balbutiements des frères Wright, pour en arriver à se demander s'il ne fallait pas stopper bientôt tout trafic aérien pour sauver la planète. On en était à tenter des solutions spectaculaires. Il fallait bien vider les douves et les égouts du château, après avoir inondé les remparts jusqu'au chemin de ronde. A quoi ça sert tout ce chamboulement ? Ces lamentations ridicules. Pourquoi envoyer des scuds contre le progrès si on nous dit, en même temps, que ça ne sert à rien de résister ?

Autant la fermer, dans ce cas. Herald en était persuadé, lui qui, pourtant, n'était pas spécialement partisan de ce progrès défaillant. Voilà pourquoi il n'aurait pas été surpris qu'un fou veuille un jour sauver l'humanité en disséminant dans l'air des nuées toxiques, chimiques ou même bactériologiques. Pourquoi pas un cocktail à base de gaz VX, avec une dose de malaria, et un zest de radiations ? Le blitz ultime. Boum ! Lumineux, rayonnant ! Entre temps, sans-doute que les fanatiques de l'informatique auraient su créer des humanoïdes invincibles pouvant respirer avidement toutes sortes de saloperies. A un moment peut-être, tout scra simplcmcnt fini. Les machines se mettront à inventer leurs dieux, elles fixeront la lune à travers les nuages phosphorés, se mettront à implorer la déesse Artémis, qu'elles auront visualisé dans leur encyclopédie numérique, en scandant un refrain d'androïde avide de nature. Herald espérait, pour l'instant, survivre à ces visions de cauchemar. De toute façon, trop résister à la paranoïa ambiante, ça signifiait quand même qu'on choisissait de mourir asphyxié sous la réflexion générale. Autant arrêter tout maintenant, dans ce cas.

Pour s'occuper, il vérifia si les affaires qu'il avait préparées convenaient à cette fuite ponctuelle vers un nouvel horizon. Il y avait là les vêtements nécessaires selon les éventuelles intempéries et même deux appareils photos, ainsi que l'attirail du touriste de base. Au pied de ses sacs rangés devant la porte fenêtre de son appartement, et après s'être acquitté de cette tâche, il s'assoupit sans pressentir qu'il ferait un rêve comme il fit ce soir-là. Son chat jouait sur le parquet avec une capsule de Kilkenny.

Remarquant qu'Herald s'était endormi sur le vieux clic clac délavé qui lui était d'habitude réservé, le matou sauta sur le quarantenaire, puis entreprit de le réveiller en lui grattant la tête, mais sans succès. Les griffes acérées avaient autant d'effet que des seringues hypothermiques, et le chat gris devait s'y résoudre.

La péninsule perçait l'air humide au-dessus d'un vaste gouffre. Herald était juché sur la falaise, haute d'une cinquantaine de mètres... parti dans un de ces songes interminables, qu'il se voyait faire à l'occasion pour chasser les pensées néfastes, occupées à l'assaillir subrepticement. La digue de roche jaillissait de la falaise et s'avançait vers le ciel, comme suspendue à la pointe de l'île fantasmagorique des cormorans. Mû par le désir d'être remarqué par une charmante et sublime déesse des abysses, Herald se résolut à amorcer le geste des conquérants, tel un nigaud enclin à suivre une coutume transmise par quelque inscription, lue au hasard d'une écorchure sur la souche d'un arbre. Il se mit donc à secouer la trogne afin d'évacuer l'énergie de son cerveau d'humain dans la cascade en contrebas. Toutes les tensions du corps et de l'esprit devaient s'échapper en un flux artistique et y être absorbées. Il devait alors viser la béance creusée par les ancêtres du gouffre qui avaient adressé leurs suppliques à la déesse Nephtys. Il s'agissait ici d'acquérir la liberté totale en unissant dignement son âme à l'océan.

Herald était persuadé d'atterrir, à chaque rêve, dans un nouveau monde de croyances qui n'étaient pas plus étranges que celles qu'il connaissait dans le réel. Il avait subi plusieurs fois des tumultes désastreux dans son existence, laissant plus de chance à la dégringolade qu'à la rigolade. Il savait les duretés vécues par le ruffian moderne, et aussi quelle était la manière dont, selon lui, on était capable de s'enfoncer dans toutes sortes de soucis, à tout moment, comme pour braver la peur intense de s'accomplir et ainsi malmener sa propre barque. Certaines personnes avaient cela en elles, pensait-il, elles cherchaient ensuite la limite de la souffrance pour pouvoir se réveiller, et provoquer chez elles des réactions, malgré tout, redoutables.

Bien décidé à se délester de ses turpitudes et autres carabistouilles existentielles, la nuque d'Herald accomplit des mouvements à la fois saccadés et harmonieux. Son regard était calé à l'aplomb de l'anfractuosité granitique. Il fallait garder un peu de ténacité pour imiter les ancêtres du gouffre, grands sages inspirés par l'hypnotique Nephtys, et obéir au rite. Les gardiens du promontoire, tels des hauts commissaires occultes, le surveillaient. Herald en était persuadé. Y fallait rendre hommage à ces forces invisibles qui étaient parvenues à s'unir à l'océan, échappant aux cages des sirènes médusées. Il s'enfuirait, comme eux, dans la soupe azur, à travers les algues laminaires. En dehors de toute contingence humaine, extirpé de la foule terrestre. Avalé par la mer, happé par les fonds, heureux d'être enseveli dans la fosse des Mariannes. Enfoui sous la texture du voyage infini. Epargné par les sables du désert, il serait pour toujours englouti, gobé par le syphon zéphyr. Loin des surfaces asséchées, comme la mer d'Aral, inadaptées à la civilisation. Enseveli sous la chappe liquide de l'océan. Devenu à son tour maître mystique, portant l'aigle d'Horus sur sa casquette à la place du sigle ailé de l'infanterie US « Airborne », il s'en irait. Tel un disciple de Nephtys, la déesse des abysses, il allait décoller de sa terre natale de Domnonée armoricaine.

Son esprit, libéré, suivait les escarpements de la faille abrupte. Il se comparait au célèbre seigneur de Tiffauges, autre repenti du monde des humains, chevalier à la fois dépravé et combatif, tortionnaire dit-on, nécrophage sûrement, mais brave à coup sûr, vaincu par les flammes, qu'une trépanation n'eût pu guérir, ni le faire expier ses immondes crimes. « A l'abordage ! De la falaise, plongeons ! » se dit Herald, la conscience cramée par une folie extatique.

Dans le meilleur des mondes, on pouvait aussi tenter de rêver, et laisser les choses se faire, surfer sur les évènements comme le coléoptère sautant sur les ondes de l'eau vaseuse d'une ria, rebondissant sur chaque strie à l'aide de ses fines pattes et de ses mandibules. L'insecte surpasse ainsi les affres de son destin, songeait Herald, raccourcissant le cours du mauvais temps. Il sautille sur les rides de l'univers qui s'étend, fait fi des brindilles et du reflet de la grenouille qui surnagent sur l'étang. L'arthropode survole les péninsules inondées qui résonnent au firmament. Et il va, de côte en côte, au clair de lune, comme s'il avait des plumes, en déjouant le vent. « Mais au final, cela revient au même. J'évolue, j'avance, et s'il faut, pour cela, croire en une déesse qu'on appelle Nephtys, Téthys ou bien Gaïa, ou encore Sekhmet, j'irai nager vers les flots interdits !... Pourvu que j'atteigne l'apoapside des mers, l'îlot le plus lointain, le firmament liquide où l'orbite de mes songes m'emmènera, à travers les typhons et jusqu'à la demeure de la sagesse... »

Herald, dans un état proche du coma, délirait à pleins tubes. Il croyait aux idées du songe, tel un illuminé qui croit en des concepts qui le dépassent et le séduisent en même temps. Cela s'illustrait par des tumescences concrètes. Comme dans tous les songes. Des anémones de mer, flamboyantes, de couleur pourpre et jaune, sortaient de sa tête par jets incandescents et voulaient s'enfuir dans l'océan. Elles étaient la manifestation du sirop de cervelle qui s'engouffrait au bas de la crevasse. Quant au petit félin, dans le salon, bien accroché à la réalité, il continuait à lui chatouiller les cheveux de ses griffes, mais sans parvenir à ses fins. Herald subissait les aléas psychotiques d'un rêve qui déformait son réel et qui se prolongea la nuit, jusqu'au soir suivant. Le chat de type Burmese, ayant aussi sommeil, avait fini d'effilocher ses cheveux. Bien que ça le grattait toujours, Herald avait sombré.

Sa télé était restée allumée. Images d'un reportage datant de quelques années en arrière. Une France déjà bien émiettée. Il restait, certes, très peu d'Etats forts dans le monde. Devant le pseudo renégat assoupi, qui fuyait on ne sait quoi dans ses brumes, défilaient les images. La horde des manifestants semblait transpercer la fumée surgissant des tripes rougies des bestioles, griffons, jaunes gargouilles, ou encore hydres en berne du monument religieux dévasté comme par magie. Emmêlé dans la houle broussailleuse qui formait des cratères de plus en plus profonds, l'Homme avait là l'occasion de redevenir un géant. Comme une renaissance. Cependant, la foule se cachait encore derrière le fard des fumigènes, des déclarations truquées, et des maquillées affaires d'atteinte aux libertés individuelles. Derrière le feu des infos, travesti par des médias et autres officines du pouvoir, les gens livraient à la vindicte des individus coupables d'avoir seulement voulu les informer avec un angle charitable. Tout devenait obscur. Les hautes instances bombardaient le peuple d'informations dans tous les sens pour qu'il se sente désuni. En son sein, se créaient de toute pièce des groupes opposés pour que, à la fois partout et nulle part, un ennemi commode puisse supporter la charge d'être le frétillant agitateur de la haine. On devinait que le sabotage du pays par lui-même allait durer encore un certain temps, et qu'il tiendrait à chacun de le camoufler grâce à des lunettes 3D et un chapeau en alu. Même le chat, qui s'impatientait en trifouillant l'asparagus, et qui était toujours enclin à échiffer aussi bien le climat social qu'un petit bout d'étoupe, le savait pertinemment.

Herald avait trouvé un repos allégorique dans la fontaine de jouvence, et ses sens se relâchaient peu à peu. Enfin, il pouvait évacuer le sirop neuronal qui sombra, comme un mauvais cauchemar, dans la cascade sacrée. Les carambars interminables, multicolores, qui avaient jailli de lui, s'évanouirent dans la solution visqueuse du précipice où il avait allègrement chuté. Il savait qu'il dormait, étant dans cet état d'absolue clairvoyance, où le rêveur se voit rêver. Un sage en aube turquoise et de consistance holographique fit alors apparition sur le grand rocher. Il semblait se délecter en humant l'air qui embaumait par-delà la falaise, et provenant du réceptacle verdâtre où un liquide organique, au contact de l'eau, produisait une vapeur phosphorescente.

Avançant vers lui, Herald croisa des chanoines portant toutes sortes d'attributs, plus ou moins relatifs à la déférence qu'il était censé avoir face aux personnages en question. Certains arboraient des colliers représentant un clairon, un saxophone, ou encore une corne de brume, les apparitions affichaient toutes sortes de signes ornés de dorures. Herald distingua nettement la décoration du mage, qui se nommait Neptune Sabu. C'était un disque de jaspe, qu'il portait par-dessus sa toge. Herald le félicita même pour son accoutrement qui témoignait de la valeur honorable de son rang. Les signaux archaïques prouvaient la puissance rituelle des sages. Même si ces cardinaux en goguette, ces commissaires aux déconvenues, n'étaient en apparence que de farfelus gredins, des pillards de la couronne, en réalité Herald voulait se montrer un tantinct courtois. Et surtout faire comme eux, transmuter sa consistance allégorique. A l'instar d'un Gilles de Retz cherchant une solution magique pour transformer les métaux. Il voulait déployer ses tentacules cosmiques, pour devenir l'insecte amphibie qui parcoure le temps à sa guise, et qu'il voit dans son rêve, frôler la surface de l'océan. Ce n'était qu'un songe, mais autant transformer le mage qui est en soi, aussi ridicule que cela fut. Personne ne le regardait. Il pensa : « Allez ! Soit intrépide, Herald ! Prends ta Mazdator et fonce tout droit, déploie tes ailes diaphanes, c'est parti ! »

Depuis la fin du mésozoïque jusqu'à l'époque moderne, où l'humain avait tenté d'inventer toutes sortes de sciences abscondes, il semblait parfois nécessaire d'être un peu plus fou que les autres pour simplement exister. Lui aussi voulait être ce pithécanthrope émerveillé, amnésique du réel et du concret, qui se jette dans la fosse aux dragons, éveillant sa sidérale dimension intérieure. C'était encourageant pour Herald. Des grands penseurs avaient bien proclamé, depuis la nuit des temps, que la vraie sagesse était souvent perçue comme de la folie par le plus grand nombre. Et qu'il fallait se rencontrer soi-même des milliers de fois dans la vie pour comprendre un peu celle-ci. Sinon, se disait Herald, on risquait de ne pas s'apercevoir de son propre enfermement, comme tous ces individus qui avaient déjà incorporé en eux des circuits intégrés pour se rendre la vie meilleure. Là, il savait qu'il avait affaire à un mage déjà bien fêlé, même si ce n'était qu'une apparition. Nul besoin de poison en poudre, de psychotrope, d'anxiolytiques, et encore moins d'atropine, pour laisser passer le jour.

Neptune Sabu portait, en plus de son disque en collier, une fibule couleur onyx agrafée à sa toge, ainsi qu'une broche en forme de géode à l'éclat de diamant, de nacre, et d'améthyste. Il avait tenu à montrer une apparence valeureuse et brave, donnant l'exemple à Herald, l'adoubant même afin que celui-ci puisse déverser du nectar neuronal dans le réceptacle de jade. Ce dernier était rempli de semences si disparates qu'elles formaient un magma bactériologique interdit à la contrebande. Herald appartenait désormais à cet ordre de dégénérés, gardiens de l'Océan Impérial. C'était comme un sacre. On lui avait même remis une chasuble décorée de son blason personnel, une lampe à huile de gueule sur fond d'écume. C'est qu'il fallait être téméraire pour représenter cet ordre, il était plus que mage, on l'avait carrément sacré archiduc. Ce genre de cérémonies, truffées de symbole, renforçait l'extase onirique d'Herald. Il n'était pas prêt à se réveiller. Conscient que les autres mages lui réclamaient d'être un peu leur phare, et leur boussole, il était décidé à prendre son rôle à cœur.

A l'inverse de Gilles de Retz qui avait fini à demi grillé, déchu de tous ses titres après avoir été notamment maréchal de France, Herald, lui, partait de zéro pour devenir celui qui mènerait la troupe de chanoines à la liberté. C'était nickel. Lui, qui avait toujours voulu quitter ce monde moderne, s'en aller, serait dorénavant l'archiduc Gandelin, amiral en chef de l'Océan Impérial. Tiens, il faudrait qu'il en parle à Hector, son ami ukrainien, il lui prouverait qu'on pouvait se libérer de ses entraves…à l'instar du preux chevalier de Champtocé qui, à son apogée, était resté indépendant, tout en étant fidèle au connétable de France. En effet, Gilles de Retz, et d'autres, par exemple le comte de Sully, avaient eu cette noblesse de ne rien céder aux Anglais à une époque où ce n'était pas évident de se situer dans le royaume. Cette histoire allait certainement inspirer Hector Kolymatchouk, lui qui ne voyait pas la grande Russie comme un vampire étendant son emprise sur la Crimée. De fait, le port de Sébastopol avait subi des sièges très rudes, déjà sous Nicolas 1er, et de tout temps, à peu près partout, des alliances parurent inattendues. Herald se demandait justement si l'un des mages qu'il croisa n'était Menchikov, un collègue amiral. Tandis que ce dernier portait un sabre, et était muni d'un monocle le rendant assez ridicule, Herald avait, lui, reçu une amulette en cadeau. C'était cool, il l'accrocherait au rétro de sa Mazdator. Une mission lui était confiée, et il n'y avait rien d'autre à savoir. D'un coup de sceptre en bronze, la horde de fous confédérés, avec Sabu à sa tête, chassa alors Gandelin, disciple et archiduc, afin qu'il poursuive son chemin à travers les abysses.

Il fallait continuer la descente. Juste pour voir ce que le royaume aquatique lui réserverait. Et après toutes ces années où Herald s'était débrouillé tel un quidam de l'enfer, roulant boulant dans l'escalier à spirale de la vie, il n'avait pas envie de changer d'orientation. Il était ok. Quoiqu'il en soit, il n'y avait pas de joker ! La route classique ne lui convenait guère. La sienne ne ressemblait à aucune autre, et le moment était venu, pour lui, de faire moins de vagues, de cesser de lancer ses idées dans tous les sens, se gaspiller, se volatiliser comme à chaque fois. Il finissait, à chaque aventure, par s'échouer sur les récifs comme un boomerang qui tourbillonne contre les courants célestes. Bien sûr que la vie était stupide, surtout celle des autres, ces misérables ! Puisqu'ils font tout bien comme il faut pour supporter ce monde impossible. Et qu'ils ne font rien d'extraordinaire. Voilà la petite ritournelle qui tournait en boucle chez Gandelin. En même temps, chacun croit pouvoir être un personnage, toutefois on prétend qu'il faut vivre un peu avant de se rendre compte de qui on est réellement. Ou comment se révéler à soi.

Dans ses rêves, Herald pouvait continuer à garder la prétention d'être un naufragé du temps, vestige humain d'un héroïsme désuet. En plus, c'était beau, là, quand il avait conscience de rêver. Même si, comme dans son existence, tout ne faisait que s'écrouler, même s'il sentait bien qu'il tombait de plus en plus bas vers un chaos mental, Herald Gandelin croyait parfois qu'il pouvait être l'un de ceux qui changerait les choses. Faire se dérégler les rouages qui font tourner le monde, était-ce possible ? Était-ce même raisonnable ? Après tout, il n'était qu'un vendeur d'articles de randonnée et d'accastillage. Représentait-il un danger pour la civilisation ? Bien sûr que non. Seulement dans ses rêves, la civilisation entière était toute autre. Chacun récoltait les fruits de ce qu'il produisait, et personne ne pouvait accumuler des biens pour les détruire, car tous y trouvaient leur part, la circulation marchande n'épuisant pas les ressources naturelles. Ce monde idyllique n'existerait sans-doute jamais. Les trois quarts des espèces animales avaient déjà disparu. Il restait peu de grands mammifères ou autres géants, et dans les océans, requins, cachalots, et orques se raréfiaient. Certes, d'autres créatures s'en sortaient mieux, comme le calamar avec ses ventouses, s'agrippant aux fonds marins.

Herald aimait les causes désespérées, étant de ces personnes qui refusaient les honneurs, au moins par crainte de ne pas être pris pour ce qu'il ne fut pas. Pour cela, il s'était déjà auto-sabordé maintes fois, et il recommencerait, même si cela l'empêcherait de sortir de l'ornière dans laquelle il restait, constamment. Avec lui, la question ne se portait pas, du reste, sur la modestie. La gloire, ou pas. Rien de tout ça. Rien ne lui procurait la sérénité en laquelle il aspirait pourtant. Ni les gens autour, ni leurs délires numériques omniprésents. Comme la marche du progrès finit inévitablement dans un tumulte d'horreurs, et que tout objet en mouvement explose un jour, la vie d'Herald devait se fracasser sur les rochers au bas de la falaise. Irrémédiablement. Il était entendu que nulle déesse ne viendrait à sa rescousse. Il n'en était pas question. C'est dans un état de semi-conscience, ne sachant plus si les songes lui permettraient encore de croire à ses utopies, et alors qu'il avait quitté les abords de son balcon en titubant pour s'allonger sur un tapis du salon, que Herald se surprit à penser brièvement à son infortune, avant d'être à nouveau enveloppé dans les profondeurs des limbes.

Immergé dans une eau garnie de méduses à l'air pinailleuse et de longues gorgones mauves et soyeuses, Herald tentait de surnager vers une zone moins turbulente, les remous de la surface ne lui disant rien de bon. S'affalant sur une sorte de coracle, fait d'une écorce résistante, il se mit à voguer sur ce qui lui semblait être, en réalité, un lac plutôt qu'un fleuve. L'embarcation était plus étroite qu'un esquif de palangre. N'aurait-il pas dû être, en ce moment, à bord du River Delta ? Perdu dans une suite de rêves nébuleux, Herald n'avait plus du tout la notion du temps. Et il évoluait dans un espace tout à fait inconnu. Cela aurait pu s'agir d'une étendue d'eau russe, le lac Ladoga ou le fameux lac Baïkal, étant donné la fraîcheur de l'air. Mais il savait aussi que la croisière de ses vacances se déroulerait sur un fleuve voisin des monts rocailleux de Golem Grad et d'Osogovo, où il devait également faire frisquet. Tout devenait flou en lui, et sa tendresse pour le pays aux samovars se mélangeait avec son désir de retour au réel. Cependant la montagne qu'il vit apparaître au détour d'une nappe de fucus sortait tout droit d'une estampe nippone. Herald oscillait entre rêve et cauchemar, il ne parvenait pas à faire la différence. Dans quel périple il se trouvait ? Et tout cela avait-il un sens ? Son état était de plus en plus comateux, et cela entamait gravement le discernement du rêveur. Le paysage sur les bords de la rive était d'une beauté qui aurait inspiré tout artiste. Kawabata aurait très bien pu s'assoir au bord de l'eau, adossé au mont Fuji, sous les volutes du ciel, et saisir de son pinceau tout ce qui l'aiderait au possible pour son inspiration. L'endroit était parfait, et Herald flottait sur sa coquille en se demandant où son rêve avait bien pu l'emporter. A part vers un cabotage sans fin.

A défaut d'outil de géolocalisation, il s'attendait à rencontrer un second mage, peut-être un moine shinobi, perspicace samouraï, qui lui indiquerait la direction à prendre grâce à son astrolabe en pendentif. Mais nul évènement prévu n'arrivait, ce qui était coutumier lors de ses songes. A l'inverse, Herald commença à percevoir un sourd vacarme venir de derrière la montagne, le vent se leva soudain, et un déluge de grêle s'abattit ensuite sur lui, tandis qu'il voyait au loin un bateau se rapprocher. Là, il ne savait plus s'il était au large de Tsushima où une escadre russe avait échoué terriblement contre les cuirassés japonais un siècle et demi auparavant, ou bien si le navire qui venait vers lui n'était qu'un vaisseau fantôme, un bag-noz comme on disait sur ses terres d'origine. L'air était dense, la tempête faiblissait, mais des brumes vagabondes rendaient l'atmosphère mystérieuse, et obstruaient le champ de vision d'Herald. Il aurait très bien pu se situer n'importe où sur mer, il sentait bien qu'il n'avait plus affaire à un lac dans son imagerie ensommeillée. Une énergie nouvelle avait fait son apparition.

Herald fut pris dans un courant très fort. Comme lui, le bateau menaçant fut entraîné petit à petit à une vitesse relativement rapide vers le large. Il se rapprochait. Plus il fendait les vagues jusqu'au coracle de Gandelin, plus il grossissait. Ce n'était pas un cargo, on pouvait distinguer un appareil de timonerie très ancien. Herald supposa qu'il était soudain dans une région agitée par la force de Coriolis et autres courants géostrophiques. Voguait-il vers la mer d'Okhotsk non loin des îles Sakhaline ? Le rescapé, dérivant du Japon par le Kouro Shivo, serait-il ramené vers un port, comme celui de Tianjin en Chine, où son espoir pourrait s'amarrer à nouveau ? Ou bien son rêve l'avait-il emmené non loin du lieu de son voyage original, dans le détroit de Bosphore ? Les ombres des temples de Kussara, la Cappadoce, la Mer Noire à traverser, et enfin ce serait les Balkans ! Il allait probablement vite le découvrir car le navire fantomatique se faisait vraiment menaçant, filant vers Herald tel un cuirassé en guerre, ou un effrayant serpent marin du peintre Kunisada. L'embarcation peu sûre d'Herald suivait le courant vers une houle sauvage, quand le navire étrange, qui la poursuivait avec fureur, la rattrapa enfin et la fit chavirer…

Le choc fit l'effet d'une torpille, et Herald éprouva la sensation de se noyer, sans pouvoir échapper à un sort fatidique. Happé par l'océan, il ne pouvait pas résister. C'était fini. Il aurait dû se douter, depuis l'apparition de la frégate mystérieuse, que la possibilité de disparaître ainsi sous l'eau constituait une option envisageable, peu importe l'expédition. Herald se sentait confus, plongé dans un mélange de réel et de folie hydraulique. L'idée d'une croisière dans les Balkans avait paru saugrenue pour les quelques amis qu'il avait laissés à Cravenagen, la bourgade bretonne. Pourquoi partir, en effet, dans cette région encore en proie à des dissensions tenaces en cette année 2023 ? Même pour ses vacances, Herald n'avait pas choisi la simplicité.

Les tensions stratégiques subies par des Etats éclatés depuis quelques décennies étaient omniprésentes. Une fragmentation organisée était facteur de déstabilisation aux portes de la zone économique européenne. Les traces des anciens conflits avaient été plus ou moins effacées, mais dans certains endroits, comme la Serbie, la Slovénie, ou la Macédoine du Nord, il subsistait une certaine incrédulité chez les gens, d'autant plus que l'indépendance d'un pays ne signifiait pas automatiquement plus de libertés. L'objectif des dirigeants était de se détacher au maximum d'une influence russophile qui, selon eux, enclaverait le pays en question. Quelle débâcle prévoyaient donc ces bureaucrates d'ex-Etats sous domination soviétique pour ainsi vouloir à tout prix faire partie d'un ensemble européen qui avait la saveur insipide d'un fruit cueilli à Fukushima ? Herald s'était déjà posé ce genre de questions avant de programmer son voyage. Mais lui-même voulait, en quelque sorte, disparaître des radars et des sondeurs sociaux durant quelques temps. Sa vie semblait lui échapper. Rêvant d'être explorateur, il n'avait même pas cherché à publier les histoires de jungle, de forêts, et de déserts qu'il avait inventé, se substituant à ce qu'il n'avait pas accompli. Il pensait que la vie avait raté beaucoup de choses avec lui, mais rien ne l'obligeait pour autant, à être cloué à sa petite ville de Bretagne, envahie par les traceurs et détecteurs électroniques qui, par le biais de tous les objets connectés, s'assuraient que le citoyen resta bien cramponné à sa place.

Quoiqu'il en soit, les temps modernes n'avaient pas encore dispensé les individus des lois de la chance et du hasard. Et Herald le savait bien. Il irait de par le monde, découvrir les recoins de son destin, et braver le mauvais sort. Peu importe les moyens. A ce propos, une phrase de Jean de La Fontaine lui revint : « On rencontre sa destinée souvent par les chemins qu'on prend pour l'éviter. »

Mark Twain disait les choses un peu différemment : « La catastrophe qui finit par arriver n'est jamais celle à laquelle on s'est préparé ». Entre bel adage et loi de Murphy, on ne sait pas vraiment à quoi se fier. Telle était la pensée de Gandelin, à ce moment.

Gandelin avait probablement trouvé l'inspiration de ses rêves dans les lectures de contes ancestraux qu'il affectionnait durant sa jeunesse. Comment ne pas être sensible au mythe de Merlin, par exemple ? Et comment ne pas y déceler quelques vérités historiques ? Les élégies et les prophéties provenant des poètes et des bardes perchés du passé ont toujours fait remonter le temps aux âmes contemplatives.

Celles-là même qui mêlent leurs rêveries gargantuesques aux complaintes évoquant de vieilles liturgies, et se plaisent à y voir des liens avec le réel. Ainsi, Merlin l'Enchanteur n'aurait pas seulement contribué aux faits d'armes des chevaliers de la Table Ronde. Mais il aurait eu aussi des cousins dans l'histoire des saints celtes comme Columcill, authentique irlandais pouvant être apparenté à Yann Skolan en Armorique. Les chroniques autour de fous solitaires, reclus dans les bois avant même le moyen-âge, étaient pléthore. De même que celles, appartenant à un imaginaire collectif enfui, qui parlent de grands chevaliers et invincibles guerriers.

Par exemple, à l'époque de Brennus, un géant nommé Brân aurait traversé la mer d'Irlande. Les témoins dirent qu'il marchait sur les fonds marins, et que des arbres dépassaient de l'eau tels des mâts et des vergues. Tout au cours de l'Histoire, de l'époque de Néron et de Caligula jusqu'à celle de l'ogre de Champtocé, avide du « vil métal » et fanatique de danses macabres, la cruauté accompagna la gloire. A l'image de Gilles de Rays, seigneur de Machecoul, des personnages fastueux et extravagants ont toujours su côtoyer les horreurs de la sorcellerie. Herald connaissait ces histoires, ainsi que leurs fondements ésotériques, souvent issus de la mythologie. Bien avant les atrocités commises au nom de la quête d'une vaporeuse « poudre philosophale », dans les cryptes de Tiffauges ou de Champtocé, les légendes circulaient.

Herald se rappelait de celles qui racontaient le récit de héros comme Brân Hir accompagnant son oncle Cadwallawn, roi déguisé en mendiant pour secourir une servante. Celui-ci assassina un devin, puis alla jusqu'à se repaître d'un bout de chair de son compagnon d'aventure afin de se remettre d'aplomb. Le chef gallois, dont une statue de bronze délimitait le territoire de Llundein dès l'époque mérovingienne, avait certes cru goûter à la cuisse rôtie d'un animal. Nul ne l'avait averti de la nature de la brochette. C'est ainsi qu'après un passage vers Kytdalet, il traversa la Manche et engagea une bataille au-delà, où il terrassa les troupes d'Edwin. Celui-ci avait été prévenu : sa tête, sous son diadème, serait tranchée s'il continuait à quérir le royaume de Bretagne.

Auparavant, suite au règne du regretté Kystennin, fils de Kadwr de Kernyw, un vaste empire venu du continent avait voulu maintenir sous sa coupe la grande île envahie par les Angles et les Saxons. Mais les évêques bretons, avec l'abbé Dunawd en figure de proue, avaient fait acte de rébellion. L'abbé de Bangor en Gwynedd avait alors déclaré solennellement que les Bretons refuseraient de prêcher Augustin de Canterbury.

Cadwallawn fut l'un des derniers à vaincre. Longtemps après que moulte Bretons trouvèrent refuge en Armorique, une symbolique de l'eau survécut à ces temps oubliés. Les thèmes du puits, du lac, de la source, de la fontaine, et du chaudron bouillant seraient présents à jamais dans la culture celte. Les mythes antiques de la fin du monde, et du renouvellement de la vie, de la création sous toutes ses formes, mais aussi de la séparation entre deux mondes, restèrent souvent représentés par l'élément de l'eau. C'était fondateur, voilà pourquoi Herald, lors de ses nuits, fantasmait parfois sur l'acquisition de cet apprentissage auprès d'un mage druidique, même s'il ne comprit pas le Cornique.

Deuxième chapitre

Disparaître de la circulation de temps en temps était une chose, mais être broyé par l'hélice d'un bateau inconnu en était une autre. Et Herald se sentait absorbé par la force des propulseurs à turbines. Un véritable cyclone aquatique s'était abattu sur lui. Ce n'était pas la noyade qui l'attendait, mais la perspective d'être continuellement attiré par la rotation de l'hélice dans un vacarme terrible de glou-glou, celle-ci le rappelant à elle afin de convaincre Herald que le mieux était, pour lui, de se laisser anéantir. De terminer en coupes réglées afin de cesser de vivre comme un idiot. D'un côté, il était horrifié à l'idée d'être aspiré vers le tube hélicoïdal qui allait probablement le dépecer, le broyer, ou juste le sabrer tel un chevalier vaincu lors d'une joute. D'un autre côté, quelque part, son instinct lui indiquait qu'il s'agissait, en fait, de la simple fin d'un cycle et non de tout.

L'appareil coaxial à ailes de mouche mettrait en charpie tout son passé, mais il pourrait se relever et se retrouver ailleurs, dans un autre contexte, où rien dans sa vie ne dépendrait d'autre chose que de sa petite volonté qui le pousserait à être toujours en vadrouille autour de la planète sans rien avoir à dire à personne. Fuir n'importe quand, n'importe où, et pouvoir revenir, mais le faire à sa manière. Sans devoir aller dans ces lieux balisés, agrafés, ces grandes villes où les gens se réunissaient pour parler des mêmes choses qu'ils avaient fait tous à la même période, c'est-à-dire leurs jeux de communication virtuelle. Herald avait essayé une fois. Il s'agissait de se balader dans les rues en expliquant dans son téléphone ce qu'on appréciait ou pas sur notre passage, et une application se chargeait de nous mettre en relation avec les autres personnes qui avaient participé à l'expérience, et dont les tendances convergeaient. Par la suite, on pouvait dessiner sur la carte une topographie différente de la réalité, et se mouvoir comme un somnambule, le regard collé à l'écran. C'était l'époque. Les individus étaient englués dans une nasse soporifique qui étourdissait l'esprit d'Herald.

Toutefois, son cauchemar se poursuivait, et il ne savait pas ce qui allait advenir de lui, pourrait-il oublier cette vie, disparaître à jamais ? Puis soudainement, il entendit la voix d'une femme, hurlant : « monsieur, votre numéro de cabine est le 32 ! » Et alors qu'il était presque au contact de la grande hélice, englouti dans un donjon fait de murs liquides, luttant toujours contre les courants de la Mer Noire, il vit fondre, à travers le hublot de sa Mazdator submersible doté d'un schnorkel et de winglets inutiles sur les flancs, un Soukhoï Su-25. L'appareil, à la manière du Chaïka fondant sur un cuirassé germanique, fit couler d'un projectile oblong le scélérat navire de guerre à la dérive. L'avion s'éloigna dans le ciel dans une trajectoire elliptique digne d'un rayon ionisé ricochant sur la magnétosphère, en traînant une banderole ridicule où était inscrit : « L'empereur est un imposteur ! », dicton bien connu à l'est. Ce dernier ne désignait pas quelque royaume du vieux continent, mais plutôt celui d'Amérique du Nord.

Les Russes aiment à ce qu'on se rappelle à leur bon souvenir, ainsi qu'à certains de leurs hauts faits, comme l'atterrissage de la sonde Luna 9 en 1966, ou la suprématie des S-400 à une époque récente, se dit Herald, alors qu'il fut à peine surpris de se réveiller dans une cellule de brumisation modulaire, de retour à Cravenagen.

Il se rappelait vaguement avoir titubé en sortant de chez lui, déambulant le long de la route, et respirant l'odeur languissante et agréable des lauriers roses, des pétunias, et des cerisiers. Avant cela il avait eu toutes les difficultés à s'extraire de l'ovale de la baignoire du modeste appartement où son rêve l'avait fait échouer. Combien de temps s'était-il passé ? Pouvait-il imaginer dans ses rêves que la croisière se déroulerait comme prévu, avec tout ce tumulte intérieur ? Il était passé devant sa Mazda, garée le long du trottoir, avait remarqué la présence sur le siège arrière d'un livre pour enfant relatant la légende de Barbe Bleue. Ah oui ! c'est vrai, pensa-t-il, je comptais offrir ce conte. La Mazdator n'existait donc vraiment pas. Ou bien quelqu'un l'avait remplacée. Herald restait confus. Il avait l'impression d'être parti au bout du monde. Puis il se retrouvait là. C'est vrai qu'il était déjà venu dans le centre de détente pour y pratiquer la balnéo, en regardant des vidéos. Toutes sortes de services y étaient proposés. C'est sans-doute ce genre de prestation qui l'avait attiré, en ce matin du 17 juin, hagard. Cependant, il n'avait jamais eu encore recours à celle-ci.

Les gens en avaient besoin pour se souvenir qu'ils pouvaient respirer des odeurs excluant toute idée de pollution. Et, en fait, pour se détoxiquer. Tout était sous contrôle dans ce monde, y compris les envies compréhensibles de s'en défaire. La teneur en gaz carbonique importante contenue dans l'atmosphère, la menace infinie des déchets industriels, stratifiés, vitrifiés, le danger latent des rayons gamma, le césium, le strontium, le plutonium mis aux mains de bandits, et d'autres gaietés. En fait, beaucoup de gens étaient conditionnés à cette sauce, et ils croyaient réellement que la nature était devenue irrespirable. Mais c'était, bien sûr, encore loin d'être le cas. Donc, ils venaient dans des centres pour respirer de l'air artificiel, vendu comme étant vivifiant, bonifiant.

Cela n'empêchait pas la prééminence d'une pléthore de dangers, quant à eux très réels. Les mouvements de population désorganisés, la baisse sidérante de l'éducation, l'opacité des théories politiques des classes dirigeantes internationales, l'organisation d'Etats dits démocratiques mais dépendant du bon vouloir de quelques intérêts énergétiques…

Tout ça aboutissait à la mise sous cloche de populations compressées les unes contre les autres et forcées à l'accepter, et à la désintégration progressive de pays mis en tutelle par des organisations mondiales qui ne faisaient qu'encourager des bouleversements stratégiques jusqu'en mer de Chine. Herald pensait que tout cela ne se dissiperait pas dans des sociétés technologiques où le droit à l'autonomie personnelle était basé sur des revendications guidées par des pixels et des mouvements radicaux travestis en révolutions confettis. A l'image de ce spectre global qui s'étendait en cercles concentriques à partir du saint Empire pour atteindre des pays qui ne servaient qu'à être des futurs pions sur lesquels se heurterait les autres confédérés. Comme celui qui ne coule pour l'instant que ses sous-marins, à Mourmansk, ou ailleurs sur son vaste territoire.

« Fuis, vas-t-en loin, tu es de ceux dont la folie anéantit celle des autres fous ! Tant tu es perturbé et affolé », voilà ce que certains champions se seraient écrier à l'encontre d'Herald, s'il avait osé mettre au jour ces idées dites « décadentes ». Oh, il le savait car il avait déjà commis cela par inadvertance, et finalement ce n'était pas lui qui avait paru le plus fou, mais plutôt ceux qui se rapprochaient d'une vérité soi-disant universelle. Des intendants qui possédaient l'éclatante et profonde pensée qu'il fallait avoir, c'est-à-dire celle qui plane au-dessus de tout, distillée par le néant de leur réflexion, ceux-là avaient renoncer à voir l'évidence. De surcroît, nombre d'occidentaux cédaient allègrement à l'auto-censure. Ou alors ils agitaient de fausses polémiques. Mais ailleurs, on ne se privait pas de combats plus tranchants. Déjà, trois ou quatre ans auparavant, un épisode de guerre psychologique l'avait frappé. Il se rappelait qu'une chaîne de télévision ukrainienne, le canal 112, avait été attaquée au lance-grenade. Hector, sur ce sujet, comme sur d'autres, avait une opinion cinglante, quoiqu'assez pertinente. Herald s'en souvenait très bien.

Bien sûr, dirigeants et médias avaient condamné ce geste belliqueux accompli par les ultras, mais Herald avait noté que la raison de l'acte terroriste était la diffusion par la chaîne d'un documentaire étranger pro-russe. Il en fallait peu pour exacerber les passions dans cette froide poudrière. De plus, le point de vue de son ami Hector était bien arrêté. Certains, expressément appelés séparatistes, luttant contre des milices de Kiev, avaient élevé la voix contre le nouveau pouvoir dans le pays qui condamnait, parallèlement, la chaîne TV. Celle-ci était accusée d'attiser les flammes du pandémonium soviétique en y servant de la propagande. Tous les prétextes étaient bons, comme d'habitude, pour agiter le fanion rougeâtre, et aussi toxique qu'inflammable, qu'était le symbole stalinien, assortie de sa lame sanglante. L'expansion de l'empire des yankees, prolongé à merveille par ses duchés européens, devait être justifiée à jamais par le règne illusoire et agonisant de la faucille croisée au marteau. « Mais les pro-russes, à l'inverse de ce qu'exposent les instances de Globaloon avec ses alliés confédérés, ne veulent pas provoquer de guerre civile. » Voilà ce que racontait Hector. « C'est comme pour les acharnés du sabre et du fusil mitrailleur, au Proche-Orient », disait-il, « des groupes armés diffus ont été utilisés maintes fois, par le passé, pour favoriser la destruction d'Etats valides au détriment de quelque monstre polymorphe jusqu'alors gardé en veille par des influences extérieures. » Herald partageait modestement ces opinions, sans être certain d'y adhérer totalement, mais puisque personne ne pouvait, selon lui, employer une plausible contre-argumentation...

Depuis lors, il avait assurément compris que certaines forces obscures, et peu importe avec qui elles se liaient, étaient prêtes à tout pour étendre le spectre atlantiste... au risque de déclencher des catastrophes à la frontière de ce que son ami Hector appelait, la ceinture de glace, même si elle va du nord au sud, n'étant concrètement pas gelée. Cette expression emblématique plaisait à l'ichtyologue et aqua-botaniste, et elle captait l'attention de ses interlocuteurs. Avant tout, il n'avait pas peur de clamer que toute l'Europe partait en miettes, jusqu'à l'Asie Mineure, et que la ligne de démarcation géopolitique et culturelle, à l'est, était de l'ampleur d'une fracture sismique. Mais aussi qu'aucune bataille ne paraissait perdue. Herald avait informé Hector par mail de son voyage en Macédoine du Nord, et ce dernier lui avait répondu que toutes les républiques de l'ancienne grande Yougoslavie, et même au-delà, jusqu'à la Turquie, étaient maintenant les cibles parfaites du mondialisme triomphant, ravageur, et pétaradant.

Herald était assis là, sur le fauteuil de la cellule 32 de détente olfactive, le centre se situant dans la même rue qu'Ak-Trek, l'échoppe où il se rendait chaque semaine pour son travail. Il avait bel et bien quitté son cauchemar. Il en était sorti. Un fauteuil d'une forme bizarre, une sorte de scaphandre méga kitsch au style galactique le recouvrait, remplaçant ici le mini submersible qui l'avait bien aidé à la fin, avant que le chasseur Soukhoï n'intervienne. Un retour frappant à la réalité. Loin, il l'espérait, de toute préoccupation flippante. Mais pourquoi ne se souvenait-il pas du rendez-vous qu'il avait dû prendre dans ce centre où des clients payaient cent billets pour se mettre devant un ventilateur hérissé d'aiguilles odorantes ? D'un seul coup, il sortait d'un songe hypnotique pour se retrouver là, transposé comme un robot. A peine s'il se souvenait du trajet depuis son domicile. Et surtout, ça s'était passé quand ? Il se questionnait, observant les étiquettes collées sur les flacons aux fragrances multiples qui jalonnaient le sol tout le long du mur. En fait, son cauchemar lui paraissait plutôt éloigné.

C'est alors qu'Herald entendit une voix fourchue lui dire avec une insistance ingénue : « Cette séance va vous calmer, monsieur Gandelin, profitez-en bien ! » La machine, posée sur un trépied, commença à distiller des parfums de mimosa et de lavande, avec une teinte de lilas, que reconnut Herald, surpris de l'effet que le système de brumisation avait sur lui. C'était une première. Il n'était pas du genre à se laisser aller à ces artifices cosmétiques. Mais finalement la rotation des pales en forme d'élytres vaporisait la cellule confinée et blanche à merveille. Cela procurait à Herald un plaisir raffiné, à la limite exquis, mis à part que la sueur perlait rapidement sur sa peau, ce qui lui rappelait que la grâce dans la vie était belle et bien éphémère…et qu'une machinerie électrique, munies de tous ses cylindres à courant triphasés, ne pouvait remplacer les vrais moments inattendus de vertige sensoriel que fournissait une promenade dans la véritable verdure. Cela dit, Herald demeurait enivré par les effluves synthétiques, fixant le ventilateur qui tournoyait et brassait l'air aromatisé d'aérosols. Les gouttes qui suintaient sur son épiderme, la somnolence, et les souvenirs du temps où il se baladait dans les broussailles, brouillèrent quelque peu sa vue.

Tout ne tenait qu'à un fil, il s'en rendait bien compte. Il savait que ce qu'il avait cru accomplir de valorisant à ses yeux n'était rien, enfin ce n'était que le reflet de l'homme créatif qui se tient reclus dans l'ombre d'un réel éblouissant. Et cet homme créatif qu'il se disait être, dans son entourage et même ailleurs on l'attendait au tournant. L'auditoire voudrait bien applaudir celui qui a produit quelque chose, tout en se méfiant poliment de l'œuvre. Mais qu'importe !

Souvent il avait refusé de voir les choses du bon côté à cause d'une quête poétique insensée, mais à présent il espérait à nouveau marcher dans les chemins de Cravenagen et de ses environs avec un aplomb de guerrier. Il le fallait. On devait tout affronter, pensa-t-il, pour mieux apprécier la saveur des épisodes sympathiques. Comme lorsqu'il avait escaladé la chapelle Sainte Marie l'Etincelante. La plupart des gens ne cherchait plus à inhaler les senteurs naturelles des plantes, nombreux étaient ceux qui rechignaient à se promener dans les forêts et à respirer les vrais parfums, transportés par le souffle de la galerne. Herald, quant à lui, en avait simplement perdu l'habitude. A proximité, on pouvait humer de l'artificiel…dans les rues, partout dans les villages, jusque dans les hameaux. Pourtant la lande bretonne, bercée par la brise fraîche venant des larmes oscillantes de la baie, foisonnait de pétales et de nectar. La pollution n'était pas présente partout sur la côte, et Herald connaissait des lieux encore préservés, proches de la ville même, et parfois l'envie d'y retourner le gagnait.

Le ventilo se confondit avec une bobine cinématographique, alors que la caboche d'Herald l'emmenait sur l'arc-boutant qu'il avait grimpé, longtemps auparavant. Tel un acrobate sûr de ses moindres gestes, à l'époque Herald était parvenu à atteindre la fenêtre trilobée qui donnait sur la salle hypostyle à l'abandon, elle-même recouverte d'un ancien pont ferroviaire la décapitant sans vergogne. Il avait franchi le mur, à l'aide d'une corde, afin d'admirer les voutes et les absides, ainsi que l'intérieur des vitraux. Le plus impressionnant était la végétation chatoyante, ainsi que toutes les bestioles, squamates et scolopendres, avec qui il avait alors partagé sa visite du transept.

Sous l'observation aqueuse d'un lézard à travers une petite lucarne, Herald divaguait toujours, ne sachant plus s'il était dans le fauteuil ou s'il avait replongé dans ses rêves. Il sortit alors du centre de loisirs thérapeutique et se dirigea, comme envoûté, vers la chapelle sous le pont. Celle-ci bordait une rivière dont les petits torrents montraient que l'homme avait construit plus en amont un bassin imposant, en fait alimenté par des petits cours d'eau environnants et des grosses bouches d'égout bétonnées. A peine arriva-t-il près de l'édifice enfoui par le temps et la ville sauvage, qu'il fut hélé par un personnage de conte byzantin, encapuchonné sous un chapeau en pointe, et affichant un air placide. « Venez, je vous conduis dans les cuves de la cité, vous verrez tout ce qui a disparu de nos jours ! Vous serez surpris. Grimpez donc à la corde ! »

C'est avec un désespoir contenu qu'Herald redoutait déjà ce qui allait se passer. Pourvu que tout ceci ne fut que tromperie somatique, pourvu ! « Pas de chance pour le suicidaire », croyait-il entendre, en matant le chat galeux du haut de son lampadaire. Il aurait voulu rêver, à ce moment, revenir en arrière. Il décryptait le moindre recoin autour de lui, et ne devinait rien de factice. L'homme au couvre-chef, affublé d'un costume ample et kaki, l'entraîna alors vers le haut de la chapelle. « Vous connaissez bien l'endroit, n'est-ce pas ? » Pour unique réponse, Herald le suivit jusqu'à l'intérieur du bâtiment. Ils agrippèrent la corde, suspendue à l'ogive centrale de la nef, afin de descendre vers les travées toujours intactes, juste envahies par la végétation. Tout semblait immobile, rien de neuf depuis l'ancienne utilisation courante des lieux. On pouvait venir s'y ressourcer, pensa Herald, et oublier les désagréments qui jalonnaient son propre parcours existentiel, la fonction de cette chapelle restant en quelque sorte intacte.

Le personnage énigmatique amena alors Herald vers un oratoire sur le côté gauche, en face d'une statue de Saint Jean enchevêtrée dans un amas de lierre. Il fallut écarter quelques pousses d'asclépiades, preuve évidente de la modification du climat durant les dernières années, pour que Herald s'aperçut d'une entrée cachée dans l'oratoire. Tels deux réacteurs d'engins de l'espace, ses jambes le propulsèrent à l'intérieur d'un tunnel. Surpris d'emprunter le passage souterrain, il demanda une explication à celui qui l'avait attiré là. S'arrêtant devant Herald pour rebrousser chemin, le bonhomme au haut de forme agrafé en pointe répondit en un éclair : « Je vous confis à la vigilance d'Inga ». Puis il s'éclipsa.

La femme était habillée comme une gardienne de palais, avec une combinaison noire. Elle marchait en tranchant l'air chaud comme une ombre de cristal. Herald ne voyait pas bien ses yeux d'Omphale qui semblaient étrangement regarder au loin, alors qu'il faisait sombre. Son pas semblait être celui d'une magicienne chippewa. Avançant plus vite pour la rattraper, il distingua dans ses yeux verts tropique un regard fier, argenté, et tendre comme le mucus d'une dorade rose. La belle était simplement d'une humeur légère, et pas du genre à se retourner pour s'acquitter d'une éventuelle crainte. Elle semblait connaître son destin, à la lettre. Les femmes étaient décidément effrayantes. L'intrusion mystérieuse sous le sol de Cravenagen laissait Herald à la fois pantois et saisi d'une grande curiosité. Inga paraissait, elle, très à l'aise. Elle était dans son élément, comme une inca dans un temple de Teotihuacan. « Ou bien Tenochtitlan ! Bon, peu importe ! » se ravisa Gandelin en marmonnant tout bas. C'était là que, quelques siècles auparavant, le conquistador Hernan Cortes avait sacrifié ses troupes, brûlant ses vaisseaux d'après l'expression consacrée. On ne peut pas toujours planer comme un dieu, pensa Herald. Ou bien comme un vautour des plaines qui survole les Andes. Herald espérait que l'insigne d'aigle sur sa casquette lui donna l'aura d'un iroquois. Il se rattachait à ce qu'il pouvait, il essayait de se donner un genre, style malfrat en transit.

Il n'était pas Cortes, ah ça non ! pas ce tyran, ce conquérant de paille. Mais pareillement, Herald aurait bien voulu rebrousser chemin. Il aurait même plutôt préféré que le long cauchemar dans l'océan soit réel car il comprenait instinctivement qu'il s'embarquait là dans une galère qui n'aurait pas de retour. Mais à présent, la Mazdator à propulsion « Wankel » ne viendrait pas à sa rescousse. Et il se sentait bien misérable avec sa casquette « Airborne » et son minable « bag-out », le petit sac d'évacuation qu'il avait emporté en y mettant quelques fringues et gadgets inutiles. Bon, au moins il pourrait se changer, mais il se demandait si vraiment ça l'aiderait.

La galerie de pierre serpentait vers l'infini, mais alors que l'hôte aux allures de chamane éclairait le passage de sa lampe de poche, elle lui confia, très naturellement, que tout allait bien se terminer pour lui. Il interpréta timidement cette indication, étant donné qu'il s'aperçut à cet instant qu'elle portait une arme à la ceinture. Herald, lui, avait une tenue estivale, ressemblant ainsi à un paltoquet en vadrouille. En effet, il n'avait pas pris le soin de se vêtir correctement en sortant de chez lui, les vapes ne s'étant pas tout à fait dissipées. Pourtant, il avait pris ce sac… rien de très logique, pensa-t-il. Après la remarque de sa geôlière, il rétorqua : « Je sais à peine quel jour nous sommes, et vous me parlez de je ne sais quel salut. Qu'est-ce que ça signifie ? Que fais-je ici ? D'abord qui êtes-vous ? »

La discussion s'engageait avec la sorcière. Herald se sentait paumé, mais il avait établi le contact.

- Vous êtes à présent, monsieur Gandelin, sous la garde diligente de cette galerie souterraine. Je travaille pour la diplomatie de Globaloon. Nous allons bientôt arriver dans une grande salle militarisée. Sous l'ancienne citadelle, aux abords de cette ville que vous connaissez bien, se niche une base secrète. C'est là que vous êtes actuellement. Le lieu, construit par les allemands lors de la Seconde Guerre Mondiale, a été choisi et restauré aux normes actuelles car nous nous situons à l'abri d'une colline de silice et de granit dont certains éboulis datent de l'âge de bronze. Mais ce sont des détails. Pour en venir aux faits, mon nom est Inga Turtle, et je vais vous faire rencontrer le capitaine Miligan.

Inga cheminait à présent sans sa lampe car le souterrain s'était éclairé d'un coup. A la vue de son galon, elle s'avérait être simple artilleuse. Herald l'avait écouté avec un étonnement extrême. Il y avait beaucoup de zones identiques dans la région, mais il fallait que ça tombe sur lui. Visiblement, il faisait partie d'un plan qu'il ne comprenait pas, et des autorités ad hoc le trimbalaient sous la terre alors qu'il revenait à peine d'un long rêve dans lequel il avait flotté sur un lac gigantesque. Il se souvenait du chasseur russe qui avait, comme un symbole, empêché le cauchemar de s'éterniser davantage. Herald était ébahi d'apprendre qu'il se trouvait maintenant au beau milieu d'une étrange machination, mais en parlant avec le soldat Turtle, les raisons s'esquissèrent :

- J'ai l'impression de m'être réveillé dans une cellule de brumisation modulaire, sans savoir pourquoi, êtes-vous responsable de cela ?

- Mon équipe et moi, en effet, vous avons drogué, et guidé par la suite, dans ce centre de détente où votre réveil a pu se faire en douceur, grâce à des substances spéciales, cette technique agissant comme un sas de décompression sensorielle. Puisque vous avez été inconscient pendant presque deux jours. Nous en sommes désolés, sachez-le.

- Vous avez dit quoi ? Je me suis senti comme hypnotisé pendant un long moment, mais de là à dire que ça a duré deux jours…pfff ! Par contre, je me souviens à peu près que je me rendis là-bas par mes propres moyens.

- Vous voilà de retour parmi nous, profitez-en un peu, monsieur Gandelin, surtout que vous auriez pu réellement voguer sur le River Delta, ce qui aurait assurément causer votre perte. A la place de cela, vous dormiez, voilà tout, certes profondément. Quant à cette hypnose dont vous me parlez, ce n'est qu'un ressenti trompeur dû aux extraits de scopolamine que votre organisme a absorbés. Si vous évoquez des hallucinations, là d'accord… ah si, justement, une hypnose olfactive, en effet. Vous serez étonné d'apprendre que nous pouvons distiller du gaz depuis les lampadaires qui sont, pour la population, seulement armés de caméras. En principe, les diffuseurs qui y sont incrustés, imitent des senteurs végétales afin que les gens se sentent sécurisés dans la ville. C'est d'ailleurs cela qui vous a guidé jusqu'au centre de loisirs. Mais, si nous le voulions, il serait très simple d'empoisonner l'air à l'aide de substances toxiques. Des produits plus doux, comme des neuroleptiques, peuvent aussi être déployés et disséminés un peu partout dans les rues pour calmer des émeutes, par exemple. C'est un peu machiavélique, je vous l'accorde, mais ça peut éteindre d'éventuelles révoltes venant de personnes qui ne sont pas fondées à en produire en démocratie.

- Mais quelle est cette machination ?

- Ah ! Il n'y en a aucune. Vous êtes bien vivant, non ? Réjouissez-vous. Je vous conduis dans notre salle de commandement, et vous y verrez sans-doute plus clair.

- Vous pouvez m'en dire un peu plus ?

- Un bateau de transport fluvial, et de bonne facture, un mini paquebot issu des chantiers de Papensburg, immatriculé à Hanovre, et estampillé Noura Sailing, a coulé hier, le 16 juin. Il a échoué à l'embouchure d'une rivière, en Macédoine du Nord, après une explosion qui l'endommagea gravement, et qui le fit sombrer. Les secours n'ont pas réussi à faire le nécessaire, ni pour le commandant et l'équipage, ni pour de nombreux voyageurs. Voilà toutes les informations que je suis en mesure de vous fournir. Vous y êtes un peu plus, là, du coup ?

Herald comprenait qu'Inga ne lui en dirait pas plus, mais déjà c'était suffisant pour l'assommer. Dans les dédales en ruine du passage souterrain, il avançait nonchalamment, en se sentant légèrement asphyxié. Était-ce le manque d'air, ou bien le choc de la nouvelle ? Un peu des deux, pensait-il.

- Ce que je peux vous indiquer en supplément, c'est l'aspect violent du drame. L'explosion est dû à une bombe puissante fabriquée à partir de cyanure d'hydrogène. Deux cent cinquante kilos du mélange réactif ont dû être employés pour que le bateau arrive à s'éventrer. Rien que la déflagration causa beaucoup de dégâts sur la structure et les personnes qui étaient à bord.

- D'accord. Je n'ose y croire, néanmoins je suppose que je ne serais pas dans ce tunnel si vos révélations avaient vocation à être agréables. A tous les coups, je suppose que vous êtes désolée ! Mais c'est ainsi, vous allez me le dire, et je vais devoir m'y faire. Quel cynisme !

- Vous avez échappé à une mort certaine. Soyez reconnaissant, et il y a nulle bénédiction là-dedans. Ce n'était pas un accident, comme je vous l'ai dit.

- Vous m'en direz tant !

- Le cyanure d'hydrogène, sous forme de gaz, est un composant très explosif au contact de l'oxygène. Il est également très polluant, et toute la zone est contaminée aux alentours de la rivière. C'est impossible que cela soit de la malchance, il s'agit d'un ingrédient chimique qui se forme lors de la dissociation de l'azote moléculaire présent dans l'atmosphère. Et une si grande quantité de ce produit ne peut se trouver à l'état naturel. De plus, des particules de méthane et d'éthanol ont été identifiées là où le River Delta a coulé, au niveau des cales. Nous allons très vite, de nos jours, pour établir une enquête scientifique. On n'est plus au temps des bathyscaphes, et un robot Toshiba a récupéré toutes les preuves de l'attentat. Le River Delta est un navire de poche, il peut écumer la mer, ainsi que les fleuves, et aussi des rivières à faible tirant d'eau où cela est aisé de procéder à des recherches. Nous avons le cas ici, et l'analyse a été rapidement menée.

Herald arriva dans la salle de commandement. L'artilleuse, dans son jargon militaire, lui avait précisé que celle-ci avait la taille d'une carlingue de C130, et elle n'avait pas menti. Six opérateurs, en costume de camouflage, se tenaient devant des pupitres brillants où reposaient des ordinateurs flambants neuf. Herald n'en avait jamais vu de pareils. Il fut accueilli par un septième personnage, qui était visiblement l'officier supérieur. Ils s'assirent tous deux sur des sièges arrondis, et le chef, un capitaine dénommé Spencer Miligan, fit à Herald un exposé complet et précis, sur un ton faussement protecteur, avec un accent british. Son costume bouffant, beige, le ridiculisait quelque peu, mais cette impression était très vite dissipée par la vision du fusil Remington qu'il portait à son fourreau de commando.

Visiblement, il voulait se montrer compréhensif, et il demandait en échange de ce dialogue une coopération avec les services de Globaloon, organisation supra-étatique. Herald était abasourdi. Spencer, qui le tutoya immédiatement, fournit au breton des explications qui lui parurent farfelues. Il prétendait qu'Hector, son ami, avait voulu le rejoindre sur cette croisière, et affirmait même qu'Herald en avait été averti dans un message, le jour de son supposé départ dans les Balkans. Bien sûr, il ne pouvait pas le vérifier, puisqu'il n'était pas parti, sombrant dans un délire comateux dû à la drogue qu'on lui avait administré. Ils avaient tout prévu. Le départ de Nantes devait avoir lieu le 16 au soir, par conséquent Herald aurait dû en être informé la veille au minimum, avant de sombrer dans son coma. Spencer le manipulait à sa guise, c'était évident. En effet, d'après ce que Herald comprenait jusqu'ici, l'avion de ligne avait, en réalité, quitté la France le 15. Depuis le début, on le prenait pour une quiche.

Le capitaine lui précisa que la substance au peyotl avait été introduite dans un paquet de café en poudre, et conclut en précisant qu'il devrait même les remercier car, grâce à eux, il avait pu avoir la bonne surprise de se retrouver dans sa ville, en toute sécurité. « Quelle audace ! » trépigna Herald. La Mazdator était bien loin, à présent. Comme si ce n'était pas suffisant, Spencer Miligan demanda brutalement à Herald de témoigner contre Hector car ce dernier aurait fait partie d'un groupuscule extrémiste visant à éliminer un agent de la diplomatie irlandaise, favorable à une extension des marchés vers l'ensemble des ex-républiques yougoslaves. Il s'agissait apparemment d'un émissaire très influent et efficace puisqu'il avait participé à contenir les heurts au sujet de la nouvelle frontière européenne en terre d'Irlande.

« Voilà pourquoi on m'a drogué », se dit Herald. « On m'a empêché de partir, comme si j'étais une caution pour eux, un outil idiot pour leur propagande. »

D'un ton sentencieux, il fit sa réponse au capitaine : « je ne suis pas d'accord. Vous avez intercepté le message que j'avais envoyé à Hector, et vous lui avez fait dire n'importe quoi. Je sais qu'il n'aurait pas pu me rejoindre car il devait aller dans la région de Louhansk cette semaine, je l'avais eu au téléphone. Vous ne me ferez pas croire que c'est un activiste semant la terreur. Ce ne sera pas la première fois que des gens perdent la vie pour une cause obscure. Mais cela ne ressemble pas à Hector, non. Je pense plutôt que ce sont des partisans de votre idéologie qui sont les responsables de cet acte ignoble afin de discréditer leurs ennemis, pourfendeurs de votre pseudo-diplomatie. Et pourquoi l'Irlandais participait-il à ce voyage ? Serait-ce une coïncidence ? Si vous avez voulu que je survive, uniquement pour me convaincre d'accuser Hector car vous savez qu'on partage le même réseau, vous vous trompez lourdement. D'autre part, vous n'êtes qu'un affabulateur, un charlatan, ou si préférez, comme on disait au temps de la Guerre de Cent Ans, un escamoteur ! Je n'ai aucune envie de me dissocier de Kolymatchouk. »

Cette réplique fulgurante provoqua l'ire du capitaine, et l'exclusion définitive d'Herald. On le fit sortir avec force de la vaste enceinte de commandement, et le même soldat qu'à l'aller fut chargé de le conduire vers le bout du tunnel qui se terminait au sein d'une usine désaffectée, construisant jadis des paraboles.

Ils avançaient et suivaient la galerie, percée çà et là par des tuyaux obliques qui se faisaient plus rares au fur et à mesure. Herald se demandait dans quoi il s'était embarqué. L'obsédante obstination des songes, tout ce qu'il avait imaginé au lieu de partir en croisière, puis son réveil progressif, cette suite de phénomènes paraissaient peu hasardeux. Aucune intuition ne l'avait incité à changer d'avis et à décliner le vol partant de Nantes. Tout ça avait été provoqué. Son esclandre avec Miligan, le minable libateur de ce sous-sol, pensait Herald, avait achevé son calvaire. A présent, le souterrain pouvait bien s'écrouler sur lui… « Balivernes ! » maugréa-t-il à demi-mot, alors qu'Inga lui fit un signe pour qu'il se reposa quelques minutes avant de s'en aller. Son organisme avait absorbé un antidote dans la cellule de brumisation, puisqu'il avait subi deux jours auparavant l'invasion de multiples polymères chimiques, accélérateurs d'endorphine, selon l'artilleuse. La révélation de ce détail à propos du poison était-il censé le rassurer ? Il se le demanda, tandis qu'une autre question, elle, ne se posait plus : il était bien victime d'une tentative de conditionnement volontaire.

« Quelle disgrâce ! Ils me prennent donc pour un automate. Ils veulent faire de moi un blême échanson, sujet de leurs expériences, en m'inoculant leur venin, en m'inondant de mauvaises ondes ! »

Herald bouillonnait, il voulait sortir de là, mais il accepta cependant le sandwich gavé d'une saucisse de Francfort que lui offrit Inga avec cette fausse politesse des malandrins en uniforme.

Il se sentait pris au piège comme un rat dans un cercle de feu. Ils avaient repris la marche. Les conduits semblaient mener dans divers endroits. Ils avaient l'embarras du choix. La gardienne du temple lui montrait le chemin, mais il était tenté d'en prendre un autre. A chaque intersection. Comme pour s'éjecter vers une étoile. Il essaya de dévier, juste deux secondes. Se faufilant tel un squale, il s'arrêta net devant une pièce en forme de dôme. L'artilleuse le rejoignit presque aussitôt, lui expliquant la fonction de la structure circulaire. « Vous êtes dans une salle de projection. Une ancienne armurerie. On y vient pour se détendre entre deux missions. Ou parfois pour s'y préparer, aussi. Mais on est encore dans la partie sombre de la station. Attention, monsieur Gandelin ! »

Elle ricanait, croyant lui faire peur. Mais Herald renchérit, feignant une sournoise crédulité afin de contenir ses craintes :

- Alors cela veut dire que votre « station » s'étend à l'extérieur ?

- Oui c'est assez vaste, en réalité…

- Les bâtards de Zeus ! Ce guet-apens est imparable ! Que m'arrive-t-il ? On me prend pour le complice d'un flibustier de fond de cale qui ne ferait pas de mal à une truite ou une dorade. On me jette dans une base secrète, où j'ai l'impression, à chaque instant, d'être poursuivi par une cohorte en furie d'ectoplasmes, représentée par vous-même ! C'est imparable, mais que tout s'éboule ici, qu'on en finisse ! Vous allez faire quoi ? Me projeter un film d'espionnage ?

- Je ne vous saisis pas, je suis confuse. Le français n'est pas ma première langue, je suis canadienne. Halifax. Ce que je veux vous dire, c'est qu'à l'extérieur, le site de l'usine est à nous aussi. C'est notre terrain de jeu, enfin d'entraînement. Nous y pratiquons les activités physiques et pratiques.

- C'est fascinant, vous êtes sans-doute insatiable sur ce lieu…

- Oui, monsieur Gandelin, et si vous venez par-là, je peux vous montrer d'autres pièces, des postes de surveillance assistée par des drones, des espaces de documentation, toutes sortes de curiosités pour vous, je suppose.

- Je croyais que vous étiez chargée de me conduire hors de ces murs, mais vous voulez absolument me faire visiter votre complexe militaire, on dirait.

A cet instant, la jeune femme se frotta la bobine, ce qui dévoila aux yeux d'Herald un bracelet de couleur améthyste orné d'une pierre en zirconium. Ce détail, à ses yeux, sublimait encore le désir de grandeur exalté par le bâtiment secret, et transmis avec cette femme sergent en incrustation.

Herald ne savait pas s'il devait croire ou non une seule bribe de toute cette histoire. Comment son ami, amoureux de la flore maritime, pouvait-il se trouver au milieu d'un plan sinistre visant à faire exploser un bateau sur cette fichue rivière ? Ils avaient, maintes fois, échangé tous deux au sujet du temps perdu et de la vaine énergie d'Hector et de ses camarades à rétablir, à leur modeste niveau, une ambiance pacifique dans les régions qu'ils avaient l'habitude de fréquenter autour de la Crimée. Toutes les bonnes volontés semblaient vouées à l'échec dès qu'il s'agissait de vouloir maintenir une certaine autonomie ancestrale. Et cela paraissait improbable et même farfelu d'évoquer un éventuel lien entre groupes d'opposants irlandais, macédoniens, et ukrainiens.

Mais Herald ne voyait que cette hypothèse pour justifier les accusations délirantes au sujet de son ami, et il ne comprenait pas ce qu'on venait d'essayer de lui mettre dans le crâne, sachant qu'Hector n'irait jamais jusqu'à commettre ce genre de coup d'éclat. Spencer et ses sbires pourraient tenter de le torturer, après l'avoir déjà drogué, qu'il ne déclarerait rien d'incriminant sur Hector. Celui-ci n'était qu'un observateur, un explorateur attaché à la science. Pourquoi voulait-on lui faire endosser une tragédie de cette ampleur ? Des dizaines de personnes avaient péri, la plupart des voyageurs du River Delta. Et bien entendu, Globaloon avait sous sa cape des coupables désignés à l'avance : les indépendantistes de tout horizon, les « séparatistes » comme on les désigne. Voilà l'idée d'Herald. Il savait que cela était monté de toutes pièces, mais il ne comprenait pas pourquoi. Fallait-il mettre le trouble un peu partout, chez les slaves et jusque chez les cosaques, pour pouvoir légitimer et consolider l'établissement d'une union des occidents ?

Certes, la grande histoire avait montré que des peuples, apparemment très différents, pouvaient s'allier contre un même ennemi. L'innocent pouvait s'unir au barbare. Dans la Nouvelle-Ecosse, par exemple, les Amérindiens Micmacs et les Français avaient combattu ensemble les soldats de la couronne britannique durant la guerre de Sept Ans. On en voyait encore les vestiges dans le musée à la gloire des Acadiens près de Digby. Très récemment, en 2022, les derniers indiens Kogis avaient coopéré avec des trafiquants colombiens, leur désignant l'emplacement où un parachutiste venu de la base militaire californienne de China Lake avait par mégarde posé le pied. Le malheureux major de la Navy fut massacré avec un acharnement que regrettèrent quelque peu les paisibles Kogis qui, malgré tout, voulaient protéger leur maigre territoire contre l'intrusion de peuples étrangers, aux pratiques non vernaculaires comme la construction de pipelines. Herald comparait Hector à ces indiens communiant avec la nature, et incapables de détruire toute entité vivante, ou alors seulement pour se défendre. Comme eux, l'aqua-botaniste était un contemplatif. Il aimait partir sur divers sites pour recueillir des données nouvelles sur des espèces marines. Une anecdote avait particulièrement frappé Hector.

Sur le lac Baïkal, son ami était parti un jour dans l'une de ces explorations à bord d'un hydroptère, à la pointe de la technologie, qui pouvait recharger ses batteries au contact de l'eau. Les russes avaient fourni à son équipe le matériel, qui convenait très bien. Sous le coussin d'air, permettant d'évoluer sur diverses surfaces, des hydro foils rétractables étaient là, au cas échéant, pour permettre à l'engin d'atteindre une vitesse très élevée. Hector savait que, sous les glaces, évoluaient des espèces marines qui s'étaient développées depuis des temps illustres. Le lac était un lieu relativement préservé. Rapidement, il mit en fonction le sonar de l'aéroglisseur, puis repéra plusieurs spécimens presque éteints au crétacé et qui s'avéraient être des coelacanthes. Il les appela gombessa polar, bien que la région ne soit pas si septentrionale que ça. Mais ce qui était d'autant plus marquant avec l'ukrainien était que, soucieux de la fragmentation écologique, il économisa l'engin équipé de système de pointe. Par exemple l'antifouling qui permettait de ne pas abîmer les foils, afin de ne pas faire trop de sillage qui dégraderait davantage le biotope aquatique. Il était bien assez ravi d'avoir pu obtenir ces quelques spécimens. Du coup, à peine entamée, sa session, plus que concluante, se stoppa.

La réminiscence d'Herald s'arrêta également, alors que l'artilleuse continuait à l'entrainer dans les dédales du complexe militaire.

- Voulez-vous voir la petite pièce au fond, vers votre gauche ? Il y a des maquettes, et certaines sont soviétiques, si ça vous intéresse.

- C'est ainsi que vous cherchez à m'amadouer ? Mais pourquoi pas, après tout…tant qu'on y est, je suppose que je n'ai que ça à faire.

- Voilà, nous y sommes, regardez ! Il y a de tout. Des avions cargos américains, des U-boat allemands, et voyez ! Là, un antique canon automoteur ISU-152, et ici, une autre gloire passée de l'Union Soviétique, un Ilyushin 62, avec ses réacteurs caractéristiques, au-dessus des ailes. Et puis aussi l'autre derrière, l'impressionnant Ilyushin 76, à côté du scintillant mig-29, épatant n'est-ce pas ?

- Fantastique, en effet, vous ne manquez de rien dans votre bunker, surtout pas de gadgets derrière des vitrines vous permettant de souligner davantage votre gloire et votre supériorité. Vous exposez ces reliques ennemies comme pour glorifier votre plein pouvoir sur l'univers tout entier. Depuis que le programme lunaire russe s'est stoppé il y a deux ans avec la destruction par laser de leurs robots type Luna 25, les américains et les européens font les braves, bien entendu.

- Dans cette station, je vous signale que nous ne représentons pas les Etats-Unis. Même si j'admets que ces deux chars M3 Lee et Stuart sont les répliques que je préfère. Ils ont l'air si costauds, vous ne trouvez pas ? Ils sont anciens, et pourtant je les préfère aux plus récents Bradley.

- Oui, bon…je le note, si ça vous fait plaisir. Je vous ferai remarquer que les bases américaines qui serpentent à l'est de l'Europe ne répondent à aucune menace. J'avoue que c'est plaisant de pouvoir vous taquiner sur ce sujet.

- N'hésitez pas, tant que vous pouvez vous le permettre. Les Russes ont réalisé des avancées technologiques énormes ces dernières années, surtout au niveau aéronautique. Ils possèdent des bombardiers supersoniques dont les turboréacteurs fonctionnant à l'oxyde d'uranium font des merveilles…

- Ils ont le droit d'avoir des armes, comme les Chinois, les Américains, ou d'autres, et il n'y a pas de raison qu'ils en fassent mauvais usage ?

- Peu importe, les américains gardent la maîtrise grâce à la quantité de leurs infrastructures, et leurs bâtiments de guerre suffisent à cesser ici toute comparaison. Regardez plutôt ces automobiles, monsieur Gandelin.

- Mais qu'est-ce que cela fait dans cette exposition ?

- Eh bien, oui ! Nous avons aussi des modèles réduits de voitures car certaines ont été utilisées lors de missions spéciales d'infiltration. Elles sont magnifiques, c'est vrai. La Lotus Seven, je l'apprécie beaucoup je dois dire, elle est légère, maniable, et très rapide. Les plus belles sont bien sûr l'Aston Martin db5, et la Lamborghini Miura orange, qui datent à peu près de la même époque mythique. Une période où les deux grandes puissances étaient à fleur de peau, mais où régnait aussi une ambiance d'enthousiasme intense pleine d'émulation et d'innovations.

- On est complètement retombé dedans.

- Certes, on assiste à une résurgence d'un monde bipolaire ou tripolaire, mais pas tout à fait, il existe d'autres forces en jeu qui sont, à présent, incontrôlables. Des bombes radiologiques, chimiques et bactériologiques sont probablement à la portée de factions terroristes, et cela représente un danger imprévisible.

- Je ne vous le fais pas dire. C'est pour cela que vous me racontez des sottises sur mon ami ukrainien. Et vous allez peut-être m'inclure dans ces factions, moi aussi ?

- Cher monsieur Gandelin, écoutez-moi. Jusqu'ici, vous avez été très habile, enfin c'est ce que vous vous dites. Cependant, vous n'avez pas pensé à toutes les éventualités.

- Que voulez-vous dire ? Je me disais justement que vous étiez une drôle de guide.

- Venez, on va sortir de là, il y a beaucoup de salles à voir, mais je vais vous emmener vers un coin assez stratégique.

Ils passèrent devant plusieurs portes, prirent la transversale grâce à l'une d'elles, et empruntèrent un corridor rectiligne qui devait déboucher sur la sortie. Les éclairages, effectivement, faiblissaient et Herald devinait que les parois en pierre étaient d'origine, contrairement aux briques nacrées du passage qui jouxtait la salle de commandement. Il remarquait que plusieurs galeries parallèles se rejoignaient au point où Inga, placide guerrière, lui fit signe de stopper. Cet embranchement était plutôt étroit, mais il y avait suffisamment de place pour qu'on y ait disposé, dans une alcôve, un grand écran télévisé. Herald s'installa sur un tabouret en cuir, devant une sorte de bar. Inga, très avenante, lui servit une tasse de café. Les images des news défilaient sur la chaîne Télé-Clipse.

- Si je vous ai invité à vous assoir là, soyez sûr que ce n'est pas simplement une marque de courtoisie. Je suis désolé, mais les informations qui émanent de cet écran devraient vous faire réfléchir.

- Ah ! Ils parlent de l'incident du Vardar.

- L'explosion, vous voulez dire. Vingt-six morts, dont un partenaire éminent de Globaloon, l'Irlandais Campbell. Les survivants sont presque tous bien amochés. Les cadavres d'Hector Kolymatchouk, de Ken Campbell, et d'autres passagers ont été retrouvés, dispersés sur les rives ou même un peu plus loin. Ils disent que le souffle fut entendu à plusieurs kilomètres à la ronde.

- Qu'est-ce qu'on aperçoit là ?

- A votre avis ? Une sorte de caverne, je dirais.

- Oh, misère de Zeus ! Ils viennent de raconter qu'Hector s'y était réfugié avant d'agoniser.

- Votre ami était robuste, mais pas assez. Il a dû mettre un dispositif pour retarder le boum, mais ça s'est enrayé. C'est ce que l'enquête insinue, pour l'instant. Et apparemment, à l'avant du bateau, la carène a été éventrée.

- Oui, en effet. Ce n'est pas possible. Hector !

- Va falloir vous y faire. Mais vous n'êtes pas incriminé dans cet attentat, consolez-vous ainsi ! Même si personne, à part nous, n'est au courant de votre absence près de l'épave.

- Comment pourrais-je être responsable de quoi que ce soit, de toute manière ?

- Voyez leur titre : « Un extrémiste piège le navire de croisière River Delta. »

- Oui je sais, mais bon, enfin…quoiqu'il en soit, c'est une catastrophe.

- Ne vous inquiétez pas, sire Gandelin, ils n'ont que monsieur Kolymatchouk en ligne de mire. La version officielle omet de dire qu'il aurait pu bénéficier d'une complicité extérieure. Pourtant, votre ami a posé la bombe dans votre cabine. La numéro 8.

- Vous me dites ça sérieusement ? Les infos n'en ont pas parlé !

- Vous savez, les journalistes ne savent pas encore que cette affaire, classée dans un domaine spécifique, est traitée en haut lieu par les instances autorisées.

Essuyant cette cinglante réponse, Herald se sentit, d'un seul coup, bien stupide. Il pouvait s'offusquer autant que possible, c'était peine perdue. Sa vie était-elle foutue ?

A la télé, tout n'était pas expliqué. Mais il paraissait évident que les membres du bunker étaient ravis d'avoir pu le piéger. A coup sûr, il existait d'autres stations secrètes appartenant à Globaloon. L'organisation semblait étendre ses ramifications, comme une gourmande pieuvre, sur toute l'Eurasie. Lui, habitant lambda de la bourgade de Cravenagen, constituait la cible idéale pour fabriquer un anti-héros factice. Comme d'autres types, disséminés un peu partout, pensait-il. Il sentait qu'il était face à quelque chose de terrifiant. Après ce qu'on lui avait appris, il comprenait que cela serait facile de l'accuser d'avoir fourni à Hector une occasion parfaite pour accomplir l'acte en question.

Finalement, aucun journal n'évoquerait son nom tant qu'il ferait ce que Globaloon lui demandait, c'est-à-dire condamner son ancien compagnon pour couvrir leurs manigances. Il avait dormi pendant deux jours, et ensuite on l'avait poussé à dénoncer le chef d'un groupe de « séparatistes », alors qu'Hector avait toujours été quelqu'un de paisible. Tout ça pour convaincre les peuples réticents, et la foule anonyme devant les écrans plasma, à se rallier aux alliés de Globaloon. Herald percevait bien cette troublante tactique, et il était conscient que personne, en fin de compte, n'était au courant de ce faux voyage, et surtout qu'il était toujours en vie.

L'artilleuse le fit introduire dans une salle de réunion avant, dit-elle, de le laisser sortir « à l'air libre ». Elle lui demanda, à nouveau, s'il allait remédier à leur problème, prétextant que la première chose à faire était de confirmer qu'il connaissait les idées indépendantistes du pro-russe Hector Kolymatchouk. Alors qu'il se tenait à un présentoir où trônait une vieille mitrailleuse allemande MG 42, Herald peinait à répondre. Mais il rétorqua, avec regret, qu'il ferait le nécessaire afin de ne pas être supprimé. La tenancière du lieu opina, puis lui dit qu'on raconterait alors qu'Herald avait décidé de ne pas partir pour les Balkans car, dans un message, Hector lui avait confié ses intentions maléfiques. Le reste ne serait qu'anecdotes arrangeantes, comme dans maintes histoires, pour mettre tout à la bonne sauce. L'affaire se concluait parfaitement pour les sombres farceurs de Globaloon. Le soldat stipendié n'hésita pas alors à lui confier le reste de l'affaire. Et même le nom de code de la base secrète où elle l'avait emmené : Le « Scarabée Bleu ».

Herald n'avait pas le choix. Il lui fallait sauver sa peau, son ami ne reviendrait pas. Il ne voulait pas, lui non plus, faire partie des sacrifiés, mais il contenait sa rage. L'artilleuse lui fit quitter le souterrain, un vrai labyrinthe plein de ramifications semblables aux innombrables sillons d'un micro-processeur. Les salles de réunion y étaient confortables, ainsi que les autres pièces, mais l'ambiance était en fait aussi sordide et lugubre que dans les charachkas soviétiques.

Au milieu des herbes, il put enfin sortir de la partie recouverte de la station. Par un épais sas métallique, un couvercle somme toute rustique, vu de l'extérieur, il s'extirpa en compagnie de l'artilleuse qui bloqua l'ouverture à l'aide d'une corde coulant dans un écubier. La charmante diablesse était parvenue subtilement à le faire changer d'avis. Il ne pouvait pas accepter, mais il le fit. Evidemment, il n'avait pas pu donner à son camarade ukrainien le numéro de la cabine, lui-même ne le connaissant pas. Mais on le fit pour lui. Pour rien il n'avait le choix, que dalle.

C'est bien ce qu'on lui avait révélé, des truqueurs informatiques au service de Spencer Miligan ayant trafiqué sa boîte mail. Inga Turtle lui en avait dit beaucoup. Le capitaine avait joué son rôle de zouave. Comme un marsouin de l'infanterie, il était en première ligne, et avait essuyé les salves du maudit flibustier breton.

Dans le rêve de ce dernier, le chiffre 32 était venue à sa conscience embrumée tout à la fin. De ce fait, sans parvenir encore à atteindre le discernement adéquat, il avait brièvement confondu le numéro de la cellule du centre thérapeutique avec un supposé numéro de cabine. C'était exaspérant d'avoir ainsi subi hallucinations et désorientation ! Pendant qu'il comatait dans son appartement, avant de se traîner jusque dans la rue, les agents spéciaux avaient identifié les messages qu'Herald avaient reçus. Et ils avaient dû prêter à son compagnon d'exploration des déclarations horribles, à coup sûr. Herald était certain qu'ils avaient masqué les messages pour en inventer d'autres. Rien de bien compliqué à faire pour ce genre d'officine. Ils étaient capables de tout. Ils l'avaient bien drogué. Un flash lui vint. Sur la combinaison d'Inga Turtle, il avait pu lire « Opération Datura ». C'était donc bien cette trompette des anges, cette satanée stramoine, cette mauvaise feuille de sorcier qu'il avait dû avaler pour qu'on puisse l'envoûter à ce point.

La cabine numéro 8. Herald n'avait jamais renseigné personne à ce sujet, aucun risque pour que cela ne se produise. D'un autre côté, quelqu'un y avait confectionné une bombe et un retardateur. C'est pourquoi le soldat Turtle garantit à son hôte qu'il ne serait pas nécessaire pour l'enquête officielle de faire référence à cette fameuse cabine. Les débris épars de l'explosion maintiendraient la confusion. Sur les rives, ce serait difficile d'identifier tous les morceaux éparpillés du bateau dont tout le milieu avait été pulvérisé, de la coque à la cime. Les brigades de recherche dénicheraient des bouts de machine, des éclats de mobilier, une écoutille restée intacte. Rien de concluant, en somme. Du moins, aucun élément ne pourrait établir un rapport direct avec Herald.

Quoiqu'il en soit, à présent il était assuré d'avoir une protection de la part de l'escorte invisible de Globaloon. Il se débrouillerait, selon l'élégante artilleuse, pour sortir de la zone. Arrangeant l'étui de son revolver pour qu'il ne la gêna pas lors de sa descente, elle lui fit un signe, et le quitta promptement en refermant la trappe derrière elle.

Il entendait la mélodie à la fois gracieuse et effrénée d'un roitelet. La nature avait gardé son charme dans cette partie de la base militaire, là où les ruines d'une activité industrielle demeuraient. L'herbe rase rappelait l'empreinte humaine, sauf à l'endroit du couvercle en acier qui scellait le sous-sol. Des cahutes de style « camouflage » se distinguaient à l'horizon, alors qu'au premier plan, Herald se heurtait à la vision de douze grandes paraboles à l'aspect décharné, leur revêtement étant garni de végétation et d'irrégulières tâches grises teintées de lichen jaunâtre. Des entrepôts paraissaient s'écrouler irrémédiablement dans un décor intemporel, laissant au visiteur une impression de désolation. Herald avança de quelques pas en contournant les antennes obsolètes. Le paradoxe, pour lui, était qu'il se sentait cloîtré dans une base entourée de grillage, tout en étant soulagé de se retrouver dehors. Après ce qu'il venait de traverser, l'idée n'était pas sotte de se reposer un peu. Il se courba en avant, s'appuya sur un petit muret délabré, et se posa par terre, en s'adossant. Le mouvement rotatif qu'il dut faire lui parut laborieux, il était épuisé, mais pour rien au monde il ne voulait s'endormir. Il pensa à se ressaisir, retourner voir Miligan et ses acolytes. Mais ils n'étaient que des protagonistes, se disait-il. Ils lui avaient joué un tour, il n'avait qu'à se résigner à accepter son sort, et repartir vers chez lui, se reconnecter à la vie.

La lisière des bois se dessinait au loin. Dansant la gigue près d'un aulne dressé sur un étang marécageux, une mésange engendrait des secousses dans l'eau qui s'habillait de stries. Herald admirait le tableau. Il pressentait, en même temps, que bientôt il devrait partir, et couper à travers la fange spongieuse de cette période de sa vie pour se recentrer quelque part où la lutte continuerait.

Une statue figurant un chat bleu et noir tenant une plume chromée au-dessus d'un encrier fit sursauter Herald. Elle se dressait derrière les marécages, sur un hangar dont l'aspect divergeait des autres bâtiments. On dirait les vestiges d'une imprimerie, se dit l'habitant de Cravenagen. Le gros matou, tel un sphynx scribouillard, semblait regarder de l'autre côté du grillage, en direction de la forêt voisine. En réalité, le champ de paraboles grises-ocres lui barrait la vue. Il n'était pas assez haut sur son toit, mais cela suffit pour déclencher chez Herald une réminiscence furtive mais vivace. L'enseigne, en forme d'icône animale, avait agi sur son esprit comme un inexplicable effet de carte mémoire.

Il prit son téléphone dans sa poche, l'alluma, et se mit à consulter frénétiquement ses mails. Bien sûr, il l'avait encore sur lui, et s'en rappela enfin. Les informations au sujet de la croisière s'affichèrent, et comme prévu des messages provenant d'Hector, également. Herald les jugeait par avance fantaisistes. Il s'était douté que sortiraient dans les mails ces titanesques âneries au sujet de leur supposée rencontre sur les flots des Balkans. Du reste, même s'il ne l'avait pas forcément prédit, Inga Turtle l'avait averti du malware sur ses données. Après avoir lu quelques messages non corrompus, bien que perturbants et étourdissants à leur manière, comme ceux de son amie Clara qu'il voyait par intermittence, Herald remarqua très vite la conversation truquée, sur le réseau Line, avec son camarade Hector. Il constata bien qu'ils s'étaient soi-disant donnés rendez-vous sur les berges du fleuve Vardar, et qu'il avait invité le prétendu activiste à bord du River Delta.

Bien que n'étant pas vraiment étonné, il se sentait ravagé de l'intérieur. Comment tout cela était possible ? Et surtout quelles proportions cela prendrait encore dans sa vie, sachant que beaucoup de victimes avaient péri dans ce carnage ? Le mirage d'un yacht de croisière dans un cadre idyllique, fait de verdure montagneuse baignée par un immense ruisseau, s'évanouissait corps et âme dans son cavité encéphalique. Il leva les yeux vers la plus haute des paraboles, culminant à une trentaine de mètres, et entreprit de l'escalader. Une nacelle, à cinq mètres de haut, semblait amener vers l'extérieur. Il pourrait visiblement sortir, par ce passage, de la zone terminale du complexe militaire. Les autres antennes, de leur forme conique ou en cornet, le regardaient monter à travers l'enchevêtrement de barres en acier qui atteignaient tout en haut une structure tubulaire fixant le carrousel pointé vers le zénith. Il s'arrêta au niveau de la nacelle, enjamba le grillage, et s'agrippa aux branches épaisses d'un orme qui était là où il se devait. La combine pour s'extraire du site était astucieuse, il n'avait plus qu'à redescendre en se laissant déraper en douceur jusqu'en bas.

A peine avait-il fait quelques pas sur l'herbe qu'Herald entendit le bip de son téléphone mobile, lui indiquant un nouveau message. Tout de suite, il s'aperçut que celui-ci était signé O.D. Une consigne précise lui était quasiment ordonnée : il devait se rendre au centre de loisirs en tout genre afin de régler la facture relative aux services fournis. Mais il soupçonnait que cela venait de ce brigand de Miligan ou bien de l'un de ses compères. De plus, la note était salée, cela l'intriguait. Il s'était bien rendu là-bas, le matin, mais pourquoi, il ne s'en souvenait pas. Il était prêt à parier, par contre, que la paraphe O.D signifiait « Opération Datura ».

Alors qu'il s'en allait, à pieds, vers le centre-ville, voyant s'évanouir le site de l'usine désaffectée, le ciel s'assombrit. Un croissant de lune apparut distinctement derrière un stratus mauve. Le soleil orangé se couchait tandis qu'Herald déambulait sur le bitume tel une mouette sans ailes. Il était dépassé par les évènements, mais il lui fallait bien avancer pour voir la suite de ces insolites pérégrinations. Tentant de retrouver de sa lucidité, il se souvint de sa séance de brumisation. Cela l'avait sorti d'une léthargie à tendance narcoleptique. C'était l'intérêt de ces cellules, qui aidaient même à guérir des patients atteints de phobies diverses ou de troubles de la personnalité. Cependant, la réputation d'efficacité du centre était entachée par une rumeur très répandue, à Cravenagen, au sujet de produits opiacés qui y seraient utilisés. En outre, la ville jouissait de son emplacement dans la rade qui, disait-on, favorisait « les bonnes ondes » grâce à ses dispositions de mégalithes et autres cromlech gisant sur les collines.

Herald n'était pas franchement attaché à ce genre de considération, surtout à l'instant où il s'apprêtait à retourner dans le centre thérapeutique. Son chemin s'arrêta devant un pont où circulaient des autos fonctionnant pour la plupart à l'aide de piles au lithium. C'était la mode des années vingt. De nouvelles marques de véhicules étaient apparues, comme la stupéfiante « Super Leyland », leader sur le marché de la combustion à l'éthanol et à l'hydrogène.

Le regard d'Herald resta fixé, à ce moment, sur un genre de tank volant qui se maintenait, stationnaire, au-dessus du pont. L'agglomération de la ville était constituée d'un entrelacement de routes qui donnaient le sentiment partagé d'un désordre fascinant et d'une apparence de sécurité liée au fait qu'on trouvait là toutes les composantes de la civilisation.

Herald se dirigeait vers le centre-ville. Il avait remarqué l'inscription derrière l'engin qui était en sustentation sur le pont : « beaver panzer ». Voilà à quoi il avait affaire. Il était convaincu, en effet, que l'appareil était là pour le surveiller. Et il voulait absolument y voir plus clair. C'est pourquoi il essaierait d'espionner le beaver panzer après s'être rendu au centre thérapeutique, dont l'une des spécialités était la détente olfactive. Justement il arrivait dans l'avenue où se trouvaient tous les commerces importants et les restaurants de la ville. Ainsi que la boutique où il faisait office de vendeur, Ak-Trek. Il s'arrêta devant une grande baie vitrée du centre en question.

Un petit univers floral enchanteur. Le passant se régalait la vue. Des bouquets suspendus confectionnés par des employés appliqués faisaient leur effet sur le chaland à la bourse rieuse. Une « prouesse babylonienne », s'il fallait en croire un écriteau qui prenait la forme d'une ancre. Selon une configuration pétrifiante, de majestueuses compositions qui se voulaient chiadées recouvraient des roches de silice qu'on aurait cru en lévitation. Des feuilles d'anthuriums côtoyant ici un chatoyant « euphorbia », et des fleurs de phormium pimentant là les bouquets de jacinthe et de glycine. Des teintes sucrées un peu partout. Il en ressortait une impression divine d'exotisme. Une lampe à leds, agrémentée de tiges en cuivre, exhalait un halo turquoise et surplombait la composition. Tel un astre aux milles polypes, il se chargeait de distiller, sur le jardin suspendu, quelques gouttes d'eau de temps en temps. Une sensation de légèreté !

Herald connaissait l'endroit. Il avait déjà été à l'intérieur de cette salle où des piscines à remous délassaient les clientes et clients. Des aquariums finissaient d'enchanter l'iris. Des coraux en plastique, imitant peut-être ceux de l'archipel de Ryukyu, cohabitaient avec des fausses gorgones élastiques d'espèce « ventalina » ou encore « flabellum ». Le mélange de couleur ne ravissait pas seulement la gente féminine, et agissait comme un anti-dépresseur. Peu importe si les fucus vésiculeux munis d'aérocystes gazeux venaient de Yokohama ou de la baie de Saint-Brieuc, cela faisait son effet. Les poissons « combattants » n'avaient pas l'air de se plaindre, et on pouvait même se sentir aspiré par les merveilles enivrantes de la flore en regardant un film. Mais ce n'était pas le moment. Et Herald n'eut pas le temps de franchir le palier de l'établissement puisqu'il fut accroché comme par un hameçon humain.

Troisième chapitre

Quelqu'un l'avait saisi par le bras. Gandelin ne pouvait pas encore savoir qu'il s'agissait d'un dénommé Elouarn Cardoudal. Celui-ci lui affirma n'être qu'un intermédiaire, et il lui conseilla de repartir, lui apprenant qu'une « parfumeuse » du centre de loisirs avait été retrouvée morte, la veille, étranglée dans le sauna. D'autre part, Cardoudal lui montra la facture réglée pour les soins d'Herald, celle-ci couvrant même un abonnement annuel à son nom.

Visiblement, on voulait le choyer. Il devinait qu'il n'en avait pas fini, en fait, avec cette histoire d'Opération Datura. La note avait été étrangement payée par un organisme appelé le « Scarabée bleu ». Bien sûr ! Il connaissait ce nom. Un code lui fut même fourni pour qu'il puisse encaisser une somme d'argent. Il accepta. Il demanda à l'intercesseur des agents spéciaux de lui indiquer ce qu'il devait faire pour toucher l'argent. « Attendez encore un peu, vous pourrez vous décider dans quelques jours si vous voulez. C'est important, il ne faut pas faire ça à la légère, croyez-moi. Mais je vous le confirme : Vous n'aurez rien sans accomplir la mission qui vous a été attribuée. »

Herald s'esclaffa : « C'est quoi ce nouveau bordel, que dois-je faire ? »

L'autre lui fournit une explication peu ordinaire :

« Vous n'êtes pas obligé, réfléchissez, je vous le répète. Il y a cet énergumène, ce messager qui joue à l'artiste près d'un marigot, dans la forêt de Kerleskan, après Locmaria, aux abords de la ville. Il se nomme Serguei Karadagev, me semble-t-il. C'est un fou qui fait des graffitis en s'inspirant de l'atmosphère qui règne autour de la mare. Il vit là-bas, seul et reclus, et son activité principale est de trouver des gros cailloux pour les recouvrir de dessins. En plus, il se prend pour une estafette de l'infanterie de marine. Il faut bien le chercher. Il dit qu'il vient d'un ancien royaume près de la mer Baltique. Certains affirment qu'il est toujours imbibé, je veux dire intoxiqué aux dioxines. Il parle souvent des Pictes, des Teutons, et des Burgondes, mais aussi d'un certain Bayan 1er, un satrape, paraît-il, khagan des Carpates, enfin un Mongol, en somme, auquel il a l'air de s'identifier. L'ermite raconte une légende, venue de temps lointains, prédisant le retour des Mongols qui écraseront tout sur leur passage, y compris dans les Balkans où ils anéantiront les alliés des Burgondes et des Wisigoths. Je crois qu'il ne sait pas ce qu'il dit. Enfin, c'est évident. Au fond, je ne sais pas, mais peut-être qu'il pourra vous guider. Même si c'est un illuminé, encore figé dans la grandeur de l'Union Soviétique. Un idolâtre du célèbre Korolev, et dans un autre style, de l'illustre inconnu Stanislav Petrov, resté dans les annales pour n'avoir pas donné l'alerte. Il vénère le travail forcé des individus dans la masse, au détriment des idées et des vertus de l'inutilité. La parole d'un sorcier n'est jamais gratuite. Qu'il soit russe du Caucase, ou navajo de l'Idaho, c'est un messager du vent. »

Herald fit cette réponse amicale : « Je comprends, oui, Karadagev est un naufragé, un peu comme moi, semble-t-il, mais en pire je l'espère. Il est resté coincé dans une dimension antérieure. Moi, je n'arrive jamais à concrétiser mes rêves, c'est un peu équivalent, je reste à quai, ou alors j'échappe à un désastre sans comprendre pourquoi. Mais de quoi parle-t-on ? Je ne suis jamais vraiment dans la partie. Tenez, je devais participer à un voyage fort sympathique et amusant, et savez-vous ce qui advint ? C'est affligeant, si vous voulez le savoir. Figurez-vous, d'abord, que je suis malchanceux en général. Est-ce la triste providence, l'effet Magnus faisant dévier ma course, le mauvais sort, un karma défaillant ? Je ne le sais pas du tout, voyez-vous, et puis-je croire en ces choses ? Dieu est-il présent quelque part en moi ? Je suis incapable de l'affirmer. Toujours est-il qu'il m'arrive toujours quelque misère, crénom de Zeus ! Parfois mon élan est intangible, je suis Héraclès, terrassant les rapaces du Lac Stymphale, et d'un coup d'un seul, je me prends les pieds dans le tapis. Par exemple, je devais finir ce livre il y a de cela quelques années, le publier et passer à de nouveaux projets exaltants. Et que se passa-t-il ? Je vous le donne en mille ! Avec mon caractère fataliste, ce stupide accident de vélo, et me voilà balafré, accablé, et immobilisé, perdant toute sensation du risque à trente ans, quelle décrépitude, tout de même. Ensuite, j'ai fini par reprendre les choses en main, petit à petit, mais la moindre randonnée en forêt était une catastrophe. Il y avait toujours quelque chose qui n'allait pas. Quand ce n'était pas l'équipement, c'était l'itinéraire, ou bien je m'étalais dans la boue et je me dépêchais de rentrer me sécher. Je suis un piètre aventurier, je le crains, et je ne suis pas sûr d'aller voir ce prétendu messager que vous évoquez pour mon pseudo salut. Mais je ne vous ai pas dit la suite. Donc, ce voyage en bateau… »

Il fut coupé dans sa tirade, extrapolation gargantuesque de sa modestie. Cardoudal parvint à s'exprimer, réfrénant son envie de fuir au plus vite : « Si vous ne vous y rendez pas, le fou ne vous délivrera pas de message. Il a pété une bielle depuis longtemps, mais il sait beaucoup de choses. Certes, il n'est pas de notre côté du réel. Il est retiré du monde, il s'isole et est inactif. Il est étranger à tout, en dehors. Etes-vous comme lui ? Je ne crois pas. Mais vous avez l'air d'être sur le départ. Sans-doute est-ce vrai, vous ne partez jamais là où vous le voulez. Il faut se battre pour les idées que l'on défend quand on en a, monsieur Gandelin, quelles qu'elles soient. »

Le vendeur de la boutique Ak-Trek, ayant presque oublié même là où il habitait, lâcha cette saillie à la fois grotesque et théâtrale : « Je ne sais pas, je ne sais pas. Contre quoi peut-on batailler de nos jours, dans ce monde remplie d'âmes minables et vide de grâce ? Des combats, il n'y en a plus, il n'y a plus rien d'autre que des vestiges et des sous combats. »

Prenant la direction de la forêt, Herald s'en allait tel un égaré. Dans le brouillard, il se sentait envahi de questions. Devait-il tenter de comprendre les mécanismes de l'organisation Globaloon, qui n'était visiblement pas décidée à lui lâcher les godasses ? Cela valait-il le coup, pour se faire, de tenter le diable en s'introduisant dans l'obscure entité ? Ou alors, peut-être qu'il se contenterait de lutter mentalement contre celle-ci et de rester fidèle à ses convictions, coûte que coûte…tout en sachant que cette nébuleuse continuerait à s'immiscer insidieusement dans sa vie. On parlait bien ici de résistance, pensa-t-il, il savait depuis longtemps déjà que les gens tardaient, de surcroît, à identifier leurs oppresseurs. Cette masse difforme, appelée parfois le peuple, et souvent méprisée jusqu'à ce qu'elle se réveille, de manière aléatoire et incontrôlée, amenant des mouvements protéiformes. Mais il fallait bien que certains initient la résistance, la vraie, et ils étaient en général beaucoup plus rares que ceux s'y accolaient a posteriori. Pour l'instant, Herald se sentait encore dans une simple situation d'observation. Comme tout le monde, il subissait l'entreprise générale de démolition des libertés informatiques, et ne s'opposait même pas aux nouvelles lois digitales du début de la troisième décennie du siècle dans son pays. Il savait que jusqu'ici, il n'agissait pas. Il disposait seulement de sa parole pour critiquer la contamination quasi-microbienne des esprits. Il avait bien ouvert un micro blog, tenu brièvement, s'efforçant à appliquer sur les circuits imprimés mis à disposition par la high-tech, son amusante touche de réflexion, qu'il croyait avoir une vertu abrasive et détergente. Essayant vaguement de participer à l'œuvre de quelques quidams qui, un peu comme lui, envoyaient des salves de rage saine contre l'intoxication culturelle générale, Herald restait plutôt pessimiste. Il ne partait pas gagnant, et en était conscient, à l'infini. A présent, tout était égal. Qu'on soit lunatique, psychédélique, névrotique, drolatique, pragmatique, ou même machiavélique, l'époque était éperdument triste.

N'appartenant à aucun courant de pensée, et n'étant affilié à aucune tendance tout court, son modeste objectif était d'envisager la mort en regardant la vie en face. Mais pouvait-il accomplir quelque chose, lui, qui se prenait pour un fantassin des idées, tout autant qu'un pauvre voltigeur malmené dans le tangage chaotique de l'époque ? Au fond de lui, il avait toujours cru à la gloire des perdants volontaires, cette grâce de la disgrâce. Plutôt cela, qu'être un malandrin sans vergogne. Quand on est défait c'est qu'on est encore là, pensait-il. Même si le temps l'avait un peu changé, et la vie, qui l'avait usé. Le quadragénaire, vêtu d'un jean vert toundra, de vieilles baskets noires, et d'une chemise à carreaux fanée, prendrait-il le risque un jour de gagner une bataille ? Les temps actuels en valaient-il seulement la peine ? Et pour quelle récompense ? Quel honneur pouvait-on chercher à obtenir en s'asseyant à la table d'artistes contemporains qui n'avaient de talent que celui du non-sens, de la bouffonnerie, ou bien de l'habit, selon qu'ils étaient reconnus dans les galeries très marchandes ou le petit écran ? Ces lutins du verbe, ces clowns de la gaudriole, ces zombies de l'art, ces mutins à faux cols, ces esprits cintrés. Non, il préférait encore rester dans l'ombre, et garder sa fierté. Même s'il devait passer pour un éternel trublion.

Entrer dans la valse misérable où il devrait faire montre de beaux gestes, paraissant élégant à défaut d'être pour le moins subtil, lui était insupportable. Certains y trouvaient leur compte, en quête de ces honneurs, participant à cette équivalence infâme où le génie est asphyxié dans un matraquage médiatique de médiocrités aussi digestes pour la calebasse que des matériaux fissiles sont tolérables pour l'organisme. Accepter de vivre à une époque de désagrégation totale de la lucidité et du bon sens, se résoudre à des horreurs esthétiques monumentales. La population, entraînée à produire des héros de la manette et de la canette, tellement complice. Il y avait de quoi suffoquer, jusqu'à éprouver même une répulsion invalidante.

La mode était à la décadence, le burger végétal, mais Herald assistait bien à une période d'agonie du libéralisme. C'est de cela qu'il s'agissait. Qu'on le veuille ou non. Que restait-il à sauver ? A part les arbres. En effet, c'était désespérant. Il le voyait, comme presque tout le monde. Pour s'en rendre compte, il y avait nul besoin d'évoquer les multiples crises financières, systémiques, endémiques au méchant capitalisme. Avec tout le jargon qui va avec. Impossible à gober, tout ce déversement de débilités. La faillite des fonds spéculatifs, toujours à venir. La dévaluation d'actifs. La dérégulation de la bulle des valeurs. Ou encore les ondulations circulaires à la surface des réserves de change. Tout cela sur fond de règlements internationaux frauduleux, de délits d'initiés, de conflits d'intérêts, sans oublier les plus traditionnels abus de biens sociaux. Toujours quelques-uns qui se goinfrent jusqu'à ce que ça se casse la gueule, en attendant l'absolution de riches dirigeants.
Quelques grosses briques au milieu du barrage maintenaient encore les non-alignés qui se situaient de l'autre côté, comme le Brésil ou l'Inde. Mais serait-ce une réelle avancée si elles ne faisaient que chahuter l'eau ? Quoiqu'il arrive, il faudrait ouvrir les vannes. Les bulles finissant toujours par exploser. Même les bulles solaires. On le savait depuis que Voyager 2 avait dépassé les limites interstellaires, comme une souche d'épicéa qui s'en va à contre-courant, embarqué dans la nuit. Mais qui ramassera la relique des sages astronautes ? Y-a-t-il des camions

poubelles au-delà de l'espace ? C'est déjà difficile de surnager dans l'océan de détritus humains qui nous entourent, se disait Herald, l'individu étant compressé dans la masse, et disloqué dans son être. D'un point de vue artistique, le symbolisme de la victoire dans la défaite, ce qui correspondait in facto à la réussite de l'échec, lui assurait un anonymat relatif. Cela le maintenait dans une enclave certaine, plutôt apaisante. Toutes proportions gardées : au milieu de l'ambiance fourbe qui régnait, la liberté était confinée dans une soi-disant « protection des données ».

Alors qu'il s'approchait d'une petite colline aux abords de la ville, Herald sentait la douce brise frissonnante secouer quelques poignées de feuilles sur les arbres stoïques. Cela contrastait agréablement avec le grondement de la houle qui résonnait constamment sous son crâne depuis quelques jours. C'était revenu. Les bruissements sourds, les murmures glacés de la déprime. Herald connaissait ce refrain, et il se murmura à lui-même, pris qu'il était dans un élan de réflexion métaphysique et lyrique :

« Maudite soit cette modalité de fréquence aigue qui va, à hue et à dia, crissant parmi les turbulences de tous les sons de cloches qui convergent vers ma maudite caboche de gars cabossé. La gueule de travers, pas réparée, traitée comme un colis piégé. Des déclamations provenant de nulle part, dantesques, infernales, fumantes, des tempêtes d'hypocrisie, des typhons de tolérances factices étouffant même le concept de base. Ce très vague concept, autrement dit celui d'égalité, autrefois tempéré par un esprit chevaleresque brandissant une audace et une bravoure, certes orientées, mais ayant le mérite d'exister. »

Le monologue susurré se poursuivit :

« Y a de quoi se sentir écrasé par des hordes de machines voulant nous unifier en nous inculquant les opinions qu'on doit avoir, comme si on devait passer sur des chaînes de montages. Tous ces individus qui nagent dans un marasme boueux sans vouloir vraiment s'en extirper. Toute intrusion idéologique venant de l'extérieur est perçue comme vile. Peu importe, même s'il ne s'agit que de bon sens, c'est mis au rebus. Seule une certaine forme d'humanisme est acceptable. Les interdits de langage persistent, et ils n'autorisent pas la réflexion, la nuance, ou le libre-arbitre. La sincérité peut nuire, elle est un risque pour quelqu'un qui passera pour un original, un cas à part mis au banc de la société. Je me considère moi-même comme inconnu, transparent, non identifié par celle-ci, essayant d'être connecté au réel. Je crois que la high-tech pense de plus en plus pour les gens, et que ça les arrange. Il n'y a jamais eu beaucoup d'électrons libres dans l'Histoire, ça ne rapporte pas grand-chose. La folie aveugle l'humanité, et certaines idées l'emportent sur d'autres, puis elles font loi alors qu'elles n'ont pas de sens. L'esprit des gens est souillé par tout ça, il ne comprend rien depuis fort longtemps, croyant en une société ouverte et généreuse qui n'existe pas. Toute idée est belle, en théorie. Pourtant, les individus civilisés, dans leur globalité, ne font qu'échafauder une société basée sur ce qu'il y a de moins pire selon le contexte du moment. L'Homme a perdu la plupart de ses instincts animaux pour devenir un esclave social. Les plus dégénérés sont ces savants cherchant à augmenter les capacités techniques de l'être humain grâce à la science, ceux-là étant les mêmes qui, au Moyen-âge, vantaient les mérites de la transmutation. On est parti de l'alchimie pour arriver à la micro-pensée. Je suis conscient de tout cela, je ne sais pas comment. Un incident de fabrication, sans-doute. En tout cas, je sais quelles statues je me donne le droit de déboulonner. Je suis tombé dans de nombreux pièges cela dit, la lucidité me manquant parfois. Faut dire que mon goût de la défaite ne vient pas d'un snobisme suranné. Gloire à la chute ! Marre de se sentir enfermé dans des geôles idéologiques, en se retrouvant dans des débats qui n'en sont pas. Contraint d'appréhender ces informations qui déferlent de toutes parts, ces déversoirs de communication creuses sur tous les sujets, qui m'abrutissent. Comme un électron libre, je préfère sortir de cette gangue poisseuse, et ramer sur mon rafiot vers des lieux que la gangrène glauque n'atteint pas. De toute façon, on n'apprend pas à faire des nœuds à celui qui lâche la corde. »

S'échappant à travers d'intangibles immeubles marrons, aux abords de la rivière Korongach, Herald Gandelin s'était en quelque sorte évaporé. Il avait franchi les limites invisibles du district communal. Il aurait voulu que sa foulée se stoppa là, le long du grillage d'un entrepôt, laissant sur ses bords teintés de verdure et de rouille les vestiges d'une existence cafouilleuse. A ce moment précis, lassé par des évènements qui rendaient ses errances sans cesse inabouties, il mettrait un coup de sourdingue à ses rêves. Là, sur le fil du hasard, il voulait se reconnecter au présent. Se déconnecter, par là même, de ses récents et étonnants déboires. Le falot d'un passé vaseux transperçait comme une aiguille ce jour de juin. Le grillage, la lisière de la forêt de Kerleskan, et ça s'arrêterait là. Plus de boulot, plus de cauchemars, plus de ce bordel dans la calebasse, juste entrevoir le gris sombre de la ligne des arbres.

Herald fut tiré de ses songes. En effet, il aperçut une forme se profiler, au loin, sur un tertre graisseux de l'usine Shuflex, écroulée depuis le début des années 2010. Personne n'aurait pu savoir, à son air, s'il ressentait à ce moment-là un calme intérieur, lui-même n'aurait su le dire. Il voulait s'oublier un peu, ôter ces puces imaginaires de son cortex cérébral, ça le rassurait de croire que tout ça n'était pas naturel. « Quoique je ne sois pas au courant de tout, je ne me sens à l'abri de rien », voilà ce que pensait le gueux Gandelin. Cela pouvait lui paraître un peu comique, désabusé qu'il était de caractère, et du reste assez débonnaire.

Herald s'avançait peu à peu en direction de la chose, s'éloignant du grillage gondolé et corrodé. Il héla alors : « eh oh, bonjour ! », contournant la tranche nord-ouest de l'enceinte de l'usine pour se diriger vers le monticule de terre et de débris puants. L'entrepôt, au loin, était tombé en ruine, alors qu'il avait autrefois servi de relais pour des produits manufacturés provenant de tous les endroits concernés par le monde des échanges à gogo. Herald se tenait tout près de la silhouette immobile qui était juché sur la butte, quand il comprit qu'il s'agissait en fait d'un cylindre rouge et gris. Ce n'était pas un être vivant, bien qu'il l'eût souhaité, trompé qu'il fut peut-être, par les effluves d'ammoniac environnantes. Une borne.

Dans les herbes malmenées par la brise de juin, elle se tenait oblique, et on y voyait des filaments brillants qui ressortaient, trépignant et s'agitant comme des algues menaçantes. Des fibres de cuivre et de silicium, une inflorescence de faisceaux en aluminium se jouaient de l'hébétude de Gandelin. Des myriades d'informations semblaient s'évanouir gaiement dans le vaste horizon par ce pétiole électronique, dénudé comme les cheveux fous d'un « planula ». La borne, n'émettant plus qu'un piaillement métallique, avait visiblement subi un désordre souterrain. En partie déterrée, elle indiquait la direction du bois de Poterne, à quelques entournures, et n'avait plus le ciel en mire. Les nuages étaient parsemés ce jour-là, et il était presque vingt-et-une heure quand Herald découvrit l'emblème de l'usine planté aux abords de la forêt. Il se sentait sans aucun doute attiré par les arbres, et alors que la nuit allait tomber, il entreprit de s'y engouffrer quand même.

Avant cela, il s'immobilisa un instant devant le pilonne de l'usine. Visiblement, ce n'était pas qu'un simple entrepôt, on avait dû y fabriquer des composants pour imprimantes et photocopieuses. Herald l'ignorait, mais ça appartenait au même ensemble qu'il avait vu en sortant du « Scarabée Bleu ». Il se trouvait juste de l'autre côté. Les lieux étaient vastes et avaient pu contenir toutes sortes d'activité industrielle. Le symbole de l'usine s'était effondré suite à une bourrasque de noroît et avait effectué un mouvement de balancier, ce qui avait déterré la borne rouge et grise comme un palan et avait arraché les connectiques. Plus une onde n'était émise, la zone était ainsi désinformatisée, désautomatisée. Les filaments et les câbles de la borne, enlacés, se confondaient avec les pédoncules de quelques plantes foliacées. La lisière de la forêt se trouvait à une quinzaine de mètres, mais les rhizomes de quelques fougères faisaient déjà leur apparition. Aussi vivaces que des cartes mémoires. Même des astragales se distinguaient dans le soir. Autrefois accroché comme une mélusine en haut du fabricant d'imprimantes à radions, le chat emblématique de la marque, tenant une plume au bout de sa queue, avait chuté sur le sol, tel un poète versant son encre sur le bitume. La plume, comme si un cabestan l'avait guidé, était dirigée vers le bois de Poterne. Herald se souvint alors qu'il avait remarqué un pilonne presque identique en sortant de la base militaire.

La borne électronique, quant à elle, était donc soulevée du sol, et se trouvait hors service, ne pouvant plus désormais émettre. Son rôle, en plus de faciliter les transmissions numériques, était d'envoyer des photos aux gens sur leur adresse mail, grâce à un simple passage sur zone du téléphone, mais aussi sur les réseaux sociaux, et ce sans leur demander leur avis. Une fonction ludique pour certains. Mais d'autres racontaient même qu'on se faisait à présent « décodé » directement, sans portable. En quelques mois, les gadgets technologiques avaient encore évolué. Et Herald se demandait parfois jusqu'où il lui serait possible de suivre le mouvement. Déjà qu'il avait été dépassé, vers le milieu des années 2000, quand les écrans avaient progressivement remplacé les affichettes dans l'agence pour l'emploi qu'il fréquentait tel un indigent. Certes, la comparaison pouvait paraître maintenant loufoque, un océan de mégahertz et de giga-octets séparant cette époque lointaine des années 2020. Ce n'était pas qu'il ne pratiqua pas l'informatique, mais il voyait bien qu'il était en léger décalage avec beaucoup de gens. Le regard happé par la verdure, il pénétra dans la forêt. Là il était, à coup sûr, dans une zone « hors connexion ».

Des fougères étaient tapies au pied des chênes kermès dont les parasites avaient servi de colorants aux habits des grands chevaliers, cardinaux, et même centurions, bien avant l'époque crépusculaire où évoluait Gandelin. Il s'engouffra parmi les arbres, avançant tel un moustique géant, écrasé par la tiédeur armoricaine. Un cèdre lui fit face, alors que quelques noyers, noisetiers, et châtaigniers se dressaient, semblant vouloir le protéger d'un univers inconnu. Il s'assied sur une pierre au pied de l'arbre, au milieu des polypodes et des mousses recouvertes çà et là de membranes qui atterrissaient en tournoyant. Il découvrit alors une cavité étrange.

Un endroit sombre lui apparut. Mais alors qu'il devinait un rocher, Herald s'assoupit. L'obscurité l'emporta dans un rêve, le faisant replonger dans un souvenir bizarre. En ce temps-là, il était intérimaire en usine. Une scène l'avait apparemment marqué. Derrière les vannes à gaz, et les pompes à vapeur, derrière les turbines qui swinguent sur un air d'Otis Redding, derrière les tableaux lumineux au plastron fleuri de boutons colorés, un chat miaulait et lambinait avec indolence. Il s'en allait, déambulant vers la travée des machines à air comprimé. Puis il dévala l'escalier, avec la précaution du funambule, économe de bourdes sonores. Du haut de son élégance naturelle, facile et nonchalant, il toisa gentiment les ouvriers qui s'affairaient en maugréant. Ensuite le chat, minaudant, les nargua en échappant à la vue d'Herald, le laissant lui et les autres occupés à leur structurante besogne. Comblés par leur sort de modestes vainqueurs qui se fendaient la trogne, les opérateurs laissèrent le minou s'évanouir avec forfanterie dans la jungle des palettes.

Herald sursauta au bruit d'une bestiole qui courrait dans les bois. En ce tôt matin du 18 juin, en se réveillant avant l'aube, il se rendit compte qu'il se sentait mieux à l'extérieur de la ville. Même le confort sommaire des feuilles au sol l'avait satisfait. Cette fois-ci, le rêve avait été de courte durée. Il ne se sentait plus, d'ailleurs, sous l'emprise d'aucune substance. Il poussa devant lui quelques feuilles de fougères, et vit qu'une masse imposante et adossée au granit prolongeait astucieusement l'œuvre de la nature : il s'agissait d'un blockaus. Pénétrant dans les murs ornés de petites ouvertures, il vit immédiatement, à la faveur d'un rayon dardant, que des inscriptions et des croquis se calquaient de façon harmonieuse sur le béton froid et implacable. Une sorte de chaloupe s'échappait sur une rivière d'argent au milieu de vastes étendues de forêts. Cela lui parlait étrangement. Grâce à la lueur de son GSM, il décela un chiffre. C'était le huit. Comment diable son numéro de cabine pouvait-il se retrouver flanqué sur ce navire gravé en un endroit perdu dans la végétation ? Herald s'était rapproché de la paroi sombre et glacée. Il la regarda attentivement, tandis que le sentiment tenace de s'être fait ravager le citron par un tourbillon sismique lui revenait. Son traumatisme récent semblait là transcrit dans la pierre depuis le paléolithique. « Quoique, se ravisa-t-il, c'est un bâtiment qui date de moins de cent ans. Je délire à nouveau, c'est comme si une ombre me suivait. Cette maudite croisière ! Mais pourquoi tout va de travers ? »

Herald avait vu de nombreuses fois des situations simples se transformer en calvaires. Comme à l'époque de ses vingt-ans où un libraire lui avait fait croire qu'il l'aiderait à publier son roman. Une histoire un peu bête autour d'un financier qui était parti à l'autre bout du monde pour se rendre compte de ce qui advenait à des pauvres gens ayant perdus leur logement et leur travail dans une manufacture à cause de l'une de ses entourloupes stratégiques. Oh ! il n'y avait rien de très moral dans cette histoire, finalement le trader s'était rallié aux petites mains au cours d'une sordide affaire de vengeance en rapport avec leur employeur. C'était sanglant, Herald n'avait pas fait dans la dentelle. Le type de la librairie disait connaître quelqu'un qui serait certainement intéressé par le bouquin. Herald parvint à rencontrer cette personne. Seulement le micro-éditeur exigeait d'Herald, en échange de ses services, le changement de quelques passages du livre. Il lui fallait enlever même tout ce qui parlait vaguement d'idées sur le monde. Herald ne faisait que critiquer à la fois le communisme et le capitalisme, la charge était égale de part et d'autre, et même croisée en un sens. S'il évoquait des éléments idéologiques, c'était justement pour les critiquer. Son personnage pouvait être perçu comme un anarchiste à la limite. Mais pour quelle obscure raison un éditeur si modeste pouvait-il pratiquer la censure ? Herald n'avait jamais abdiqué face à celle-ci, mais il ne fut pas publié et demeura éternel passager de sa passion.

Un passage du roman mettait en scène un ouvrier dont le désespoir comique ressortait, comme souvent avec les histoires de Gandelin : Le bougre, accroché à un linge qui semble vouloir se sauver d'un meuble, se trouvait dans la zone d'assemblage. L'homme, répondant au nom de Mc Kenzie, était suspendu devant l'escalier d'une mezzanine d'acier où étaient rangés des dressoirs. Il restait agrippé à ce bout de tissu constituant son salut de l'instant. Il était là, devant les autres, trop occupés, ne le regardant pas. Tout en s'agitant dans le vide, il vitupérait. Mais le vacarme couvrait sa rage. Il se mit à paniquer, maudissant les ajustements au millimètre qu'il fallait réaliser pour fabriquer les commodes, ces angles stupides à respecter, comme des raisonnements clos. Les tiroirs des dessertes à encastrer dans un timing de champion de saut en hauteur, toujours le bon geste, précis, crispant, accablant. Le même, étourdissant et adroit exercice du travailleur qui doit participer à l'effort collectif et débilisant pour assembler un meuble froid. Accomplir le triomphe de l'oeuvre standardisée et prête à être emballée et fourguée dans les cales métalliques d'un transporteur. Cela afin de contribuer à une civilisation industrielle qui ne s'arrêterait jamais.

Herald avait écrit ce passage en référence à ses propres expériences de jeunesse, en usine, qu'il avait accomplies à la suite de son service militaire qui le vit piloter un char de transport de troupes. Il en a vu passer, des wagons d'apitoiement, ces heures où il s'échinait à faire son dû en réalisant que celles-ci pourraient être employées pour de plus saines et non moins vigoureuses besognes, comme achever ses récits d'allégresse. Que de soirées voluptueuses où la fatigue semblait animer la création hypnotique d'histoires dont lui seul jouissait avec un entêtement bête mais irremplaçable. Dans ces moments-là, il était lui-même tout entier une usine qui tournait à plein régime, ses idées faisaient grimper les watts de son langage cérébral, rien ni personne n'avait de prise sur lui, et ne pouvait atteindre l'orée de son imaginaire. Les colis de marchandises gélatineuses germant au sein de celui-ci étaient convoyés sur le tapis doux de son plaisir d'insomniaque et s'amassaient en poudre noire éclatant sur le papier. Ainsi parfois, il se sentait, crapule, chéri de tous les saints invisibles de la nuit, à croire en une sorte de vérité, plus belle de toute façon, que celle qui s'évanouissait dès lors que l'aube arrivait. Les journées de Mc Kenzie aussi étaient invariablement remplies de réalités discordantes.

L'usage habituelle des morceaux de linge était d'asticoter les vernis, mais celui-là craquait, incarnant un ridicule secours pour l'ouvrier. Cinq mètres environ séparaient ce dernier des premières marches sous ses pieds, il s'en aperçut et ça lui sembla énorme car il était davantage en proic à la froussc d'être vaincu par le dressoir, qu'à la simple peur du vide. Le bruit d'un long déchirement de fibres, aussi désagréable que le bourdonnement d'une mouche piégée dans un verre d'eau, le fit tressaillir. Il eut, toutefois, une subreptice pensée avant de chuter : la condition du meuble de rangement, subordonnée à la vie de l'homme, recelait bien plus de choses utiles et ordonnées que sa propre conscience informe et celle de ses camarades ne pourrait jamais produire.

Sur le refus de Gandelin de changer certains passages, son ami libraire se brouilla avec lui. Voilà le sort réservé aux incompris. En réalité, il fallait prendre en compte la médiocrité de l'ouvrage. C'était l'explication qu'on lui avait donnée. Il ne s'était nullement vexé, mais cela avait suffi pour semer la pagaille entre eux. Désormais, Herald ne verrait en ce genre de personnage qu'un sombre guichetier.

Une fontaine jouxtait le blockaus adossé au rocher. Un petit abri, calme, une sorte d'oracle verdâtre pour les leprechauns et les sylphes de la forêt. L'herbe paraissait tendre autour du mausolée, s'enfonçant légèrement sous les pas d'Herald. Il prit le temps d'admirer l'architecture de type Regelbau M du bunker. Herald se questionnait sur l'usage de cette masse de béton datant de la guerre car elle devait être lié à la base souterraine avoisinante. Il imaginait des galeries encore plus vastes que celles qu'il avait vues, et semblables aux tunnels arrondis et fascinants des moulins de glace arctique. En fait, peut-être seraient-elles rectilignes. Inquiétantes et sinistres, pour sûr. Un dôme en acier surplombait la casemate de tir. Herald voyait évoluer les soldats sur les chemins broussailleux, avec à leur tête un lieutenant bardé d'insignes et armé d'une dague et d'un Luger P08 Parabellum. Il essayait de concevoir les maintes situations saugrenues auxquelles ces allemands croupissants entre les murs épais avaient dû faire face. Craignant que le Grand Slam de Wallis n'atteigne leurs soutes à munitions, et les fasse exploser avec leurs canons, fantasmant davantage sur les prairies de Bavière que sur les tours de Flak qui défiguraient celle-ci. Non, décidément, que l'on soit d'un côté ou de l'autre de la barrière, pensait Herald, qu'on se nomma Siegfried ou bien Maurice durant cette période, il n'y avait aucune gloire à récolter. Et rien à en tirer. Que des expressions barbares, black-out, warfare, blitz. Un vocabulaire dont chacun se passerait bien. Herald se disait qu'après tout, les soldats et les officiers n'avaient peut-être eu ici qu'un rôle d'agents de communications. Mais, même dans ce cas, il n'aurait pas voulu être à la place de ces serviteurs de la Kriegsmarine. C'était pire que tout. A la fin, il ne restait plus que le morbide et le déshonneur. Mais lors d'une guerre, personne n'envie personne.

Inspectant une dernière fois l'intérieur du blockaus, tout de même assez sophistiqué, il remarqua une salle qui donnait sur le bas de la colline boisée. Elle se trouvait juste derrière la pièce à vivre où des couchettes étaient autrefois disposées près d'un coin cuisine. Herald s'aperçut qu'il s'agissait de la salle vouée aux transmissions. En effet, il y devinait les ruines d'un mur qui devait se composer de compartiments escamotables, accueillant un radar amovible et divers instruments de mesure. Seulement, un trou béant déchirait la pièce. Pour que l'endroit fut à ce point endommagé, l'attaque avait dû être provoquée par le bombardement d'un ennemi terrifiant. Herald se souvint, à cet instant, que les Allemands craignaient ce qu'ils désignaient par la « Mort Noire » : le Sturmovik Il-2. Encore un avion russe. Il ressortit.

Il se détourna de l'édifice, et vit en contrebas une vapeur grisâtre s'échapper des roches agglutinées les unes sur les autres. L'atmosphère envoûtante, magique, donnait à Herald la sensation persistante que l'inscription schématique, lugubre pétroglyphe, avait une explication. Même si ça paraissait irrationnel. Intrigué, pris d'un élan mystique, il se mit à courir vers le petit précipice décharné au milieu de la forêt. Les vérités apodictiques, celles qui sont de l'ordre du divin, ne séduisaient pas le Celte, généralement, mais là il manquait cruellement de réponses. De grosses pierres rondes l'entouraient. Ces chaos, amas granitiques scintillants par leurs éclats de quartz, étaient le fruit de la nature. Mais là, le site n'avait pas l'air tellement ancestral. L'idée improbable que l'homme ait pu poser dans ce gouffre des roches énormes effleura brièvement l'esprit du preux Gandelin. Il avait déjà entendu parler de passages secrets construits pendant la Fronde ou dans des temps plus anciens, et recouverts de semblables mastodontes obstruant pour l'éternité des cachettes inavouées. « Non, cette hypothèse est absurde. Je ne suis pas dans un conte », se dit-il.

Des hêtres encerclaient le trou. Derrière un talus très ancien, la fontaine, intouchable, observait Herald de haut. Il avait dévalé la pente, absorbé par le lieu mystérieux. Comme si Merlin l'accompagnait au détour d'une fable insoluble, Herald voyait le filet d'eau pure de l'oratoire projeter sur lui un inexplicable effroi. Un sifflement houleux glissa alors d'entre les pierres, tandis qu'il s'en rapprochait toujours en écartant l'étreinte de la peur. Subitement, les hêtres tremblèrent, des feuilles s'envolèrent et disparurent. Dans un fatras de sentiments allant de l'espoir insensé jusqu'à une terreur sotte, Herald était éberlué. Il ne voulait pas savoir s'il était à nouveau victime de visions, remontant déjà la pente en direction du blockaus. Rejoignant celui-ci, il voulut cependant se persuader d'une chose : les peintures rupestres étaient bien là, c'était indéniable. En ressortant de la paroisse de béton armé, il vit, presque enseveli dans la terre à l'entrée, ce qui ressemblait à des CD-ROMS désuets sur lesquels des mots ou acronymes étaient écrits. Il déchiffra : « city ram », « elon ech », « black hand », et encore « GPHY ». Que cela signifiait-il ? il n'en avait aucune idée, et cela resterait assurément des énigmes pour lui.

Quelques instants plus tard, il devina une ombre. Puis subitement, une créature se planta en face de lui. C'était Karadagev. Forcément. Et, d'une tirade, il fut percé à jour.

« Veux-tu vraiment devenir un insurgé ? Enfin, vu comment ta vie se déroule, tu n'as plus trop le choix, à présent. Tu en es déjà un. Tu as rejoint les rangs de la résistance, la vraie. Celle qui fait qu'on y laisse des plumes à chaque rencontre inopportune de la vie quotidienne. Celle qui fait les révoltés de l'ombre, mais bien fichés là où il faut. Tu n'es pas comme les autres, ceux dont le manque de discernement représente un danger de contamination mentale. Dis-moi si je me trompe, mais tu ne t'offusque pas dès qu'un obstacle se met en travers de ton chemin, tu tentes de l'éviter. Par contre, tu ne refuses pas le combat s'il en vaut la peine. Et peu importe les affres des tranchées, les bombardements insensés, peu importe si tu offenses ceux qui attachent plus d'importance à leurs propres lacunes qu'à tout propos discordant, toi tu te défends. Comme un damné, comme un joueur de basket-ball qui oppose son corps démantibulé, comme un poète fou, tel Cimabué, comme Ivan un ami à moi, tu vas vers Dieu malgré toi. Tu fais partie de ceux qui s'élèvent face à l'invisible, et tu ne comptes pas tes blessures. Tu es un résistant, un insurgé dans le sang. Tu ne fais que défendre ce en quoi tu crois, ce qui est juste selon toi. Tu n'as pas la prétention de la parole révélée, mais ce sont les gens comme toi qu'on prend pour des fêlés. Pourfendeur de la bêtise, tu sais quand tu tombes dedans, et tu connais la sensation de la chute. Je suis emporté par un cyclone intérieur troublant et violent, dont la force eût ravi Ptolémée, contemplateur du plafond étoilé comme des bas-fonds plaintifs que l'on retrouve finalement dans les âmes les plus élevées. Regarde donc cette statue de marbre que j'ai érigée à l'effigie du soldat qui vient de là et de nulle part. Eh bien, des groupes, ou des groupuscules, je n'en sais rien, ont voulu s'accaparer son image. Ah, c'est qu'ils devaient bien l'apprécier ma statue ! bah oui, ça c'est sûr, j'aurais sculpté un bugle, ils n'en auraient pas voulu ! mais là, un beau voltigeur en bronze, magnifique ! ça, ils en voulaient du bidasse ! alors que ça ne représente personne en particulier, ou du moins n'importe qui, c'est-à-dire avant tout un pauvre malheureux qui ne se revendique de rien. Tu sais, mon ami, les guerres, on les subit. Moi, j'ai connu les troubles de l'après-guerre froide, en Russie, au début des années quatre-vingts dix, et ça n'était pas rigolo pour un sou. Maintenant je fais des graffitis, regarde ! j'en ai recouvert ma statue, c'est génial, non ? Ah, le monde est ce qu'il est, il aurait pu être différent, mais on ne refait pas l'Histoire, des empires durent, d'autres se défont très vite. Et c'est comme ça. Et c'est tant mieux, car je suis là à te raconter maintenant ma misérable vie ! mais tu dois me prendre pour un dingue, un aliéné, un allumé du cigare, un accroc de la tisane au mescal, un maboul de la citrouille. »

Herald resta confus, il était sous le choc.

« Je vous en prie, continuez. Moi-même, je me prends parfois pour un sacré philosophe, et j'ai souvent la cafetière qui fume ! », intervint-il. Alors, Karadagev enchaîna :

« Voyez-vous, ça nous fera au moins ce point en commun. Je vous disais, juste avant, que j'ai vécu le déclin fatal du bloc soviétique et les changements qui s'ensuivirent en Europe de l'Est. Mais, à présent, quelle importance, n'est-ce pas ? L'Europe entière tombe en décrépitude. L'unité du Moyen-Orient est décapitée. Les Etats-Uniens ont peur des Chinois, et craignent de perdre leurs protectorats. Le monde court à sa perte, mon ami. »

Herald en profita pour s'exclamer vivement : « Tout doit disparaître ! » sur un ton comique.

Cela fit son effet sur le vieux sage expatrié qui, sans-doute lassé de son propre verbiage, sourit et questionna le local : « mais tu ne m'as pas dit qu'est-ce que tu tarabistouille ici ? qui donc, de ces éclairés colporteurs, t'a amené ? quelle histoire peu ordinaire as-tu à me raconter ? »

Herald s'enquit de cette demande : « je me trouve dans une galère, je n'arrive pas à me dépatouiller d'une situation qui me tourmente. Un ami à moi, a voulu apparemment jouer à l'agent infiltré dans une organisation non-gouvernementale, et plutôt occulte. C'était risqué, et je pense qu'il le savait. Il était tiraillé entre ses idées séparatistes, et sa volonté d'unifier et de pacifier en incitant à un dialogue entre les belligérants. Finalement, le système, qui le considérait comme un insignifiant boulon, l'a broyé et concassé. Il a été pris dans un engrenage, et des mercenaires se sont débarrassés de lui. Il n'était qu'un confetti, un opposant fantoche au système. Et je ne sais pas quoi faire. On me demande d'intervenir, comme pour l'achever encore plus, mais je ne peux m'y résoudre. »

Karadagev acheva la discussion par une recommandation étonnante : « ton récit résonne en moi, tu t'en doutes. Que te veulent tes ennemis ? que tu t'engages à leur côté ? essaie d'en découvrir un peu plus sur eux, et agit selon ta conscience. Fais ce qui te semble juste. Si tu n'appartiens à aucun mouvement, montre qui tu es, agis et ne reste pas caché, tu sortiras alors des décombres. »

Gandelin retourna en ville, le refuge des arbres et la rencontre opportune avec le messager fou lui avaient redonné une clarté de conscience. C'était un choc de voir à nouveau l'aéronef, de couleur vert foncé avec des liserés jaune et rouge, se tenir immobile devant lui, dans une sorte de lévitation majestueuse et silencieuse. Il avait déjà entendu parler de cet avion rapide comme un jet supersonique, et à l'agilité d'un hélicoptère, mais il se doutait que les habitants du coin en voyaient un pour la première fois. La coupe était assez similaire à celle d'un aérobus classique. On pouvait, cependant, reconnaître que ce n'était pas un moyen de transport banal, conçu pour le voyageur lambda, grâce aux couleurs particulières de sa coque. La différence technologique était, quant à elle, singulière. Contrairement à l'aérobus, le beaver panzer utilisait des piles à combustibles au méthanol mélangé avec des carburants ionisés, ce qui lui procurait des performances exceptionnelles. Herald confia sa peur aux méandres de son inconscient, et couru vers les deux rotors, à l'arrière de l'objet volant à vocation paramilitaire.

Il savait qu'en montant dans l'aéronef, il pourrait en apprendre davantage sur le pourquoi et le comment de cette organisation d'agents spéciaux qui déployait ses bases jusqu'au fin fond de sa campagne. Assurément, s'il parvenait à pénétrer discrètement à bord, il constaterait aussi l'étendue de ce moyen de locomotion à l'efficacité diabolique et quasi hyper-spatiale. Il pourrait alors avoir un aperçu de ce à quoi des individus se plaçant au-delà de la pauvre condition humaine avaient droit. Pour l'instant, il n'avait eu accès, qu'à la fonction, la vocation, de l'homme publicitaire. Contraint de vivre uniquement dans un réseau d'informations alambiquées, malgré tout bien organisé, qui le dispensait complètement de la nécessité de réflexion propre. Les idées étaient partout, elles étaient dispensées électroniquement, inculquées dans l'esprit de chacun, qui n'avait qu'à faire sa sélection pour avoir un artefact de la vision du monde, une vision forcément envisagée et calculée par un algorithme spécifique. « Vous êtes les médias », entendait-on sur internet, ou à la télévision, c'était le cri de ralliement fétiche que le pouvoir avait trouvé pour atteindre les citoyens. Confucius, attaché lui-même à l'étiquette plus qu'au caractère des choses, n'y aurait vu que du feu.

Herald parvint à monter dans le beaver panzer, machine amirale de la flotte de Globaloon, pourvue, à sa proue, d'un bulbe de verre façon B29. Il espérait lâchement qu'elle l'emmènerait vers des régions lointaines. Pourquoi pas vers les Bermudes, ou bien les Caraïbes, ou même le Danube, plus proche de l'endroit où il aurait dû se trouver pendant ces vacances particulières. Ou encore le Yang-Tse, traversant ainsi la Pélopponese, la Cappadoce, la Mandchourie, et la route de Jade. Il ne le savait pas, mais l'intuition sur sa destination était en partie vraie : il n'allait pas vers un océan hasardeux comme lors de ce rêve initié par la rencontre avec le sage Neptune Sabu, mais bien vers la Macédoine du Nord. Il l'entendit dans les coursives du vaisseau à commande automatique : les passagers se dirigeaient vers le lac Kalimantsi. C'est à cet instant qu'il eut confirmation du lien avec lui. A présent, il était clandestin dans l'astronef, reclus au fond d'une pièce remplie de matériel destiné à la maintenance, une sorte d'atelier.

Marvin Tisdale était un pilote chevronné au sein de la flotte de Globaloon. Ce ne fut pas sans surprise qu'il s'aperçut de la présence d'un clandestin à bord du gros insecte d'aluminium. Cependant, il laissa à Herald la possibilité de s'expliquer. Celui-ci faisait une trombine de cafard en captivité, il n'avait pas du tout l'air d'un bandit ni d'une crapule, mais plutôt d'un misérable cancrelat, craignant de se faire vampiriser. Herald pensait justement à son ami Hector, et il se rangeait à présent de son côté, celui des damnés qui naviguent en eaux troubles. Cependant, il ne comptait pas se laisser embrigader par les vautours de ce nouveau monde aux atours conciliants. Il savait qu'à tout moment sur le continent unifié, pouvait ressurgir le kraken rugissant, portant la fièvre échevelée des combats entre territoires de tous temps ennemis, attisée par un démantèlement des anciens royaumes. Herald connaissait à présent quelques émissaires de Globaloon avec lesquels il se sentait malencontreusement mouillé dans la mélasse. Il était persuadé que les services spéciaux de l'organisation possédaient des bases un peu partout, desservant ses différentes branches.

Agacé par une situation qu'il ne comprenait pas tout à fait, il joua la provocation, et rétorqua au regard inquisiteur du lieutenant Tisdale une phrase incompréhensible en y incluant le prénom d'Hector. En conséquence, il fut accepté dans l'aéroplane. « Quelle bonne idée, tiens ! », pensa-t-il, pris au dépourvu quand le lieutenant le conduisit vers le cockpit. Il y avait peu de place à bord de l'appareil de transport et d'observation de la flotte transatlantique. C'était préférable de se faire attraper quasiment dès le départ, cela éviterait peut-être les soupçons de sabordage à l'intérieur de l'aéronef. Herald, qui avait gardé son sang-froid en déclinant un nom de code incompréhensible, put même s'assoir aux côtés de Tisdale dans le poste de pilotage. Le pithécanthrope était grand et rectiligne, tandis que son teint blême contrastait avec un sourire goguenard. Un instant après le décollage, Herald, qui cherchait encore à savoir pourquoi on l'avait épargné, commença la conversation, surpris de se trouver là.

- On se dirige tout droit vers la Macédoine du Nord, c'est cela ?
- Oui, et je peux vous assurer que le vol sera très rapide.
- Bien plus qu'avec un avion de ligne, n'est-ce pas ?
- Certainement. Mais n'êtes-vous jamais monté à bord d'un tel bolide ?
- Oh ! Vous savez, en termes de bolide, mis à part les étoiles filantes, je n'y connais rien !
- Ah ! Les objets géocroiseurs identifiés par les astronomes, les astéroïdes ?
- Effectivement, c'est l'une de mes spécialités au sein de l'organisation. Les bidules de l'espace. J'aime croire aux rêves perpétuels et absolus qui apparaissent furtivement comme les comètes même si, de temps en temps, celles-ci s'écrasent lourdement dans les couches suborbitales de notre planète. Elles se crament alors en une farandole de débris rocheux teintés de cobalt.
- Ce que vous racontez me fait penser aussi à ces projectiles toujours plus rapides, invincibles, et agiles, que des apprentis sorciers créent pour les voir, dans toute leur majesté, se crasher sur eux un beau jour, contaminant tout le monde au passage !

Herald improvisait, et ça marchait, était-ce une ruse, ou un piège ? En tout cas, il devait faire comme si tout était normal. Convaincu de l'innocence de son ami ukrainien, il ne voulait pas finir comme lui, sacrifié. Il était donc préférable de faire semblant, et d'inventer une histoire, n'importe laquelle. Il n'allait pas perdre son temps à se demander pourquoi le prénom d'Hector, qu'il prononça presque avec la rage du désespoir, n'avait pas intrigué plus que cela le lieutenant. Visiblement, se dit-il, ce n'était pas maintenant qu'il pourrait connaitre le fin mot de cet invraisemblable manège, tandis que le lieutenant avait allumé la sono.

Ce machin qui passait, et résonnait à l'avant du fuselage contre la ferraille du poste de commandes, était un air lancinant qu'Herald croyait avoir déjà entendu. Oh ! bien sûr, comprit-il, c'était la bande originale du grand film de guerre de Wolfgang Petersen intitulé « The Boat ». Mais est-ce que ça allait vraiment lui servir d'être un peu cinéphile sur les bords ? Rien n'était moins sûr. Cela dit, le film, issu du livre de Lothar-Günther Buchheim, lui avait plus. L'action se déroulait à bord d'un U-Boat, et cette musique absorbante happa l'attention des deux faux amis jusqu'au moment du décollage. Lorsque l'engin actionna ses statoréacteurs à l'éthanol, Herald entreprit de poursuivre la conversation, regardant s'éloigner sa ville à travers l'écoutille. Etant peu enclin à la contemplation des cadrans électroniques, ça l'arrangeait de jouer au candide. Il lui fallait trouver un rôle à jouer dans l'aéronef qui filait à une allure folle, perçant l'air comme un sabre. Quant au sous-marin du film allemand « Das Boot », il ressemblait plutôt à un espadon qui demeurait éternellement enseveli sous une nuée de bombes agissant comme un typhon autour du vaisseau.

Herald n'en était pas encore à vivre ce genre de désastre. Près de lui, le pilote envisageait son arrivée à bord comme quelque chose de prévu. Dans le milieu de l'espionnage, cela devait se faire, les arrivées surprises ! Quoiqu'il en soit, Herald feignait d'être à son aise, s'imaginant presque qu'il laissait pour toujours derrière lui les vestiges d'un cauchemar. C'est que, initialement, il devait bien partir en voyage ! Mais il fallait qu'il en sache un peu plus. Il tâcherait d'être évasif, sachant à l'avance qu'il ne serait pas avare en approximations. Heureusement, Tisdale, aussi vaillant anglo-saxon qu'il fut, n'était pas très malin. Gandelin entama avidement la suite de leur discussion :

- C'est original, cette propulsion : on est meilleur que les ruskov, c'est indéniable !

- Ah ! Mais, certainement ! Je dirais même plus, c'est indéniable !

- Ils sont un peu fous, tout de même. Vous avez vu ce qui se passe avec leur pharaonique usine, cette centrale flottante qui stagne vers l'arctique ?

- L'Akademik Lomonossov ? Un danger nucléaire, vous voulez dire.

- Parfaitement, ils sont dingues de balader un tel machin, cette pétoire atomique ambulante, comme s'il s'agissait d'une vulgaire barge de cabotage.

- Ahah ! Ils adorent tester, grandeur nature, leur matériel issu du suprême conglomérat soviétique. Par ailleurs, ils tiennent à montrer au monde entier leurs puissantes innovations.

Certes, pour le coup, Herald pouvait goûter sobrement à l'ironie du lieutenant, et il s'efforça de poursuivre et de papoter dans le même style garni d'élucubrations, aboutissant à un climat assez jovial entre les deux gars.

- Certes, et le cargo a été lancé vers 2020, il me semble.

- Ce qui est sûr, c'est que ce projet avait de l'envergure. Bien sûr, il ne faudrait pas qu'il fasse fondre toute la glace du cercle polaire.

- Ah ça non ! Et pourvu qu'il n'aille pas jusqu'en Terre Adélie !

- Ahah ! Les ingénieurs français, vous êtes des comiques. Ne vous inquiétez-pas, da power plant, euh, cette centrale n'ira pas submerger l'Antarctique. Elle se contente actuellement d'alimenter les plateformes pétrolières au large de la Sibérie.

- C'est cela, cher ami, la fonte croissante des glaces a dégagé un potentiel surprenant de production d'hydrocarbures, ce qui est inespéré pour la Russie.

- En effet, ils ont bien calculé leur coup, ces braves moujiks, ils aspirent tout ce qui était jadis recouvert par le permafrost !

- En ce qui me concerne, je n'emploierai pas un terme si affectueux à leur égard, milord !

- Vous savez, nous les ingénieurs français, nous avons certaines manières, c'est-à-dire que… nous sommes admiratifs quand nous voyons tous ces endroits du monde où le talent domine autant que l'ambition, et où les projets originaux ne sont pas jetés à la poubelle.

- Je vois, yes, vous vous cachez derrière quelques convenances. A ce propos, dites-moi : vous étudiez quel domaine, l'extraction minière ?

- Ah oui, je ne vous l'ai pas dit, mais moi c'est plutôt l'aéronautique. Enfin, tout m'intéresse, forcément. Et les Russes me fascinent parfois. Je l'avoue.

- Au niveau des destructions, vous voulez dire ? Ah ça, ils sont bien pires que nous, c'est vrai. Cela n'est pas étonnant qu'ils parviennent à tirer profit du réchauffement climatique tout en polluant encore plus, lorsqu'on voit leurs expériences effarantes sur les missiles à Arkhangelsk.

- En même temps, chacun est bien calé derrière son bouclier antimissile ABM. Les traités concernant les projectiles à portée intermédiaire, et les ICBM, ne sont plus vraiment respectés.

- Effectivement, sur ce point, la balance de la terreur est revenue. Sauf que la Chine est rentrée dans la danse, elle aussi, en outre elle commence à manquer de ressources naturelles. Je suis déjà passé par les plaines arides, je dirais même acides, près de Tianjin : ils foutent tout en l'air là-bas, ils sont pires que les Japonais et leurs héroïques lancers de containers d'eau irradiée en pleine mer. Le temps des risque-tout a remplacé celui des valeureux kamikazes. Quel sale boulot ! L'époque des guerriers d'Iwo Jima est bel et bien révolue.

- On ne va pas commencer à épingler les plus sales pays de la planète, lieutenant ! Et puis, si autrefois les conflits anéantissaient tout, maintenant ce sont les déchets industriels.

-       Je ne vous le fais pas dire, mais quelle est la nation la plus voyou selon vous, l'ingénieur ?

-       Les multiples bombes thermiques dans le désert du Nouveau-Mexique, c'était sympa, non ? Je vous titille…

-       Exact ! Mais voulez-vous alors qu'on aborde le sujet épineux du Rainbow Warrior ?

-       Touché, vous m'avez eu ! Mieux vaut pas, en effet.

-       Dites-moi plutôt de quel avion vous êtes le spécialiste, ça m'intéresse un peu plus.

-       Euh… j'ai fait partie de l'équipe qui a conçu les nouvelles pièces des ailes du Boeing P8-A Poséidon. C'est un avion de patrouille maritime impressionnant.

-       Bien sûr, je connais. C'est du lourd. Surtout à côté de mon « Kinjal » qui trône dans un hangar du Montana, près de ma cabane.

-       Les hydravions sont des jouets fantastiques, lieutenant, vous avez fait un très bon choix.

-       Je le sais, merci bien, monsieur !

A ce stade, Herald s'en sortait bien. Il avait réussi à passer le test. Tisdale le prenait vraiment pour un ingénieur. Cela pouvait s'avérer utile d'être curieux sur tout un tas de choses. Il lui fallait quand même aborder un sujet un peu plus crucial avant d'arriver dans une probable base militaire se situant près de la région où il aurait dû se rendre pour ses vacances. Hector. Quelle était cette conjuration ? Depuis quand des groupes de renseignement manigancent des plans aussi tragiquement loufoques ? Dans quoi s'était enfermé son ami complètement pacifiste, inoffensif ? Comment pouvaient-ils manipuler des gens ?

Hector avait été retrouvé là, sur les berges d'une rivière, isolé des autres victimes, à croire que son corps y eut été transporté exprès. Reclus dans sa couverture de protocole, Herald se risqua à interroger le lieutenant Tisdale, concentré sur les commandes.

- Lieutenant, vous avez des nouvelles des victimes de l'opération ?

- Je savais qu'on en parlerait, c'était inévitable. Triste incident, n'est-ce pas ? Je plaisante.

- Oui, je vois.

- Je pensais bien qu'il y avait une bonne raison pour qu'on vous ait mis à bord de mon panzer beaver, et elle était évidente.

- C'est à dire que voilà, oui, je dois faire la lumière sur certaines choses. On m'a dit de faire une expertise des dégâts du River Delta.

- Et ils ont pris un spécialiste des avions pour ça, ah peu importe. Ecoutez, je n'en sais pas plus que vous, j'ai vu les images, mais je ne peux rien ajouter, c'est une explosion bien réussie, voilà tout. Il y a eu un peu trop de macchabées peut-être.

- Mais, à votre avis, pourquoi quelqu'un de cet acabit ?

- Quoi, le type qui a fait sauter le bateau ? Il a été bien soufflé avec, n'est-ce pas ?

- Enfin, je ne sais pas si c'était bien voulu de sa part, est-on sûr que c'est lui le fautif ?

Un silence s'abattit. Herald en avait-il dit trop ? Allait-il être démasqué par le pilote ? Mais celui-ci n'y prenait garde, son passager lui parut seulement un peu idiot à cet instant.

-     Mister, l'autre ukrainien, là, il était parfait dans son rôle, il a effectué ce qu'on lui a demandé, c'est tout. C'est-à-dire le principal : il était présent quand cela s'est produit. Et puis surtout, la mission a fonctionné.

-     Oui, je verrai tout ça plus tard, vous avez raison, reparlons de nos russes…

-     Ah ! Merci, c'est plus amusant, c'est certain ! Vous en étiez où ? Ah oui, les Japonais de Tepco ! Et leurs cuves de confinement où ils stockent leur césium et leur strontium ahah ! Magnifique.

-     Qu'ils déversent dans le Pacifique.

-     Oui, c'est cela. La Mer de Chine, l'Océan Indien, le Pacifique, ça remonte un peu partout.

Tisdale paraissait enchanté de reprendre cette discussion anodine. Herald s'était ravisé afin de ne pas laisser trop entrevoir sa propre méconnaissance de l'épineux sujet, qui l'intéressait réellement. Le Breton, dont le visage montrait deux ou trois estafilades qu'on aurait pu attribuer à quelque escarmouche d'agent double, ne comprenait toujours pas le comment du pourquoi. Sauf qu'il avait eu définitivement confirmation de la responsabilité de la clique de Miligan dans ce qui arrivait à lui ainsi qu'à ceux pour qui c'était déjà trop tard. Afin d'éluder le sujet, il se cantonna à ses habituelles galéjades. Des banalités qui amusaient bien Tisdale, apparemment. Il ne fallut pas que celui-ci ait le moindre soupçon sur Herald, le Walther MPL « grease gun » qui rutilait à sa ceinture en témoignait. Le passionné d'hydravions Lockeed Martin était aussi un franc-tireur. Et Gandelin ne ferait pas longtemps illusion, surtout s'il évoquait, par mégarde, sa mythique monture, la Mazdator.

\- Savez-vous encore, lieutenant…

\- Appelez-moi Marvin, voyons !

\- Oui, savez-vous, Marvin, que j'avais autrefois un ami serbo-russe, Milan Koustoupov, qui m'avait fait monter dans un tu-160, vous connaissez, n'est-ce pas ?

\- Et comment ! Un bombardier lourd supersonique ! Ah, vous savez, j'aurais rêvé piloter certains engins russes même si je les critique beaucoup. Comme l'aigle doré, le fameux Su-47 Berkut. Bon, c'est vrai que les américains avaient proposé un majestueux Valkyrie KB-70, mais il est resté à l'état de prototype.

\- Ils sont fascinants ces soviets. Leur technologie pète parfois, comme à Tchernobyl, mais ils font souvent des miracles grâce à quelques bouts de ficelles. Un jour, ce sacré Milan me montra une auto de sa fabrication qui fonctionnait avec un mélange douteux de glycol et de gaz. J'ai eu assez peur quand il me demanda d'y monter car il eut la malice de me faire croire que c'était du propergol.

\- Il vous prenait pour un idiot ! Ah ! This rogue state !

\- C'est un rite chez certains peuples.

\- Du coup, vous avez réussi à accrocher le chemin ? Il a démarré, au moins ?

\- Oui, il n'y a pas eu de souci. Ils sont doués, ces russes, je dois dire. Ils sont barrés aussi, mais…c'est ce camarade qui m'apprit que, bien avant nous, ils tiraient déjà de l'hydrogène à partir de la thermolyse de la biomasse.

- Pour faire quoi ?

- C'est un procédé écologique qui permet de fabriquer de l'énergie à partir de déchets. Evidemment, j'oubliais qu'outre atlantique, ce genre de concept vous échappe, hé !

- Vous savez à quoi sert le réchauffement climatique ?

- Je suppose que vous allez me le dire.

- A faire culpabiliser les gens. Ainsi ils se révoltent contre eux-mêmes au lieu de le faire contre leurs dirigeants qui leur imposent de nouveaux dogmes mystiques.

- Pas entièrement faux. Mais ce que je retiens, c'est que l'Homme a voulu tout diriger depuis une bonne centaine d'année, et que maintenant, il a mis tout l'écosystème en overdose, cela pendant une longue durée. En réalité, seule sa connerie reste en expansion.

- Trèves de philosophie décliniste et de sottises, je m'en fous, mister, désolé, mais ça ne va pas nous donner à boire et à manger pour ce soir. Regardez, on arrive presque, je vais amorcer la descente. Et il y a de la bonne cervoise en bas. Ils ne font pas de la frelatée ici. Ou alors, c'est qu'ils ont une raison, comme quand ils créent des bactéries ou des trucs comme le zika qu'ils t'injectent grâce aux moustiques, même pas besoin de sarbacane, ah ah ah !

- Oui, c'est comme les munitions trafiquées pendant la guerre du Vietnam, vous êtes parfois d'étranges fantassins, n'est-ce pas ?

- A la guerre comme à la guerre. Aujourd'hui, c'est le sud et l'est de l'Ukraine, ou le Golfe Persique, hier c'était Sarajevo et encore le Golfe, demain ce sera la Mandchourie ou bien le Cache Mir. C'est ainsi, camarade !

Herald ne put saisir la subtilité du désastreux calembour. Il vit soudain, sur la vaste surface d'eau du lac Bregalnitsa, apparaître un énorme ponton amovible, surplombé d'une potiche à l'aspect de grue de chantier naval. Le sarcophage d'aluminium et de kevlar s'ouvrit devant eux. Alors que la mâchoire était grandement entre-baillée, l'aéronef fut absorbé à l'intérieur. Le niveau de l'eau était étonnant, des arbres restaient enfouis sous les abords du lac, on aurait dit des palétuviers. Voilà ce que Herald eut juste le temps de remarquer avant de se retrouver dans la pénombre.

Le beaver panzer avait atterri sur l'eau, et il fut rapidement amarré par les employés de la maintenance du site logé au creux d'une grande forêt, derrière des contreforts de verdure. Herald observait les lieux, feignant d'y connaître les recoins, puisqu'il devait continuer à jouer son rôle. Alors que ses yeux s'arrêtèrent sur une sorte de canon posé à même un socle tel celui d'un télescope géant, il fut pris d'un souvenir glaçant. Il voulait farouchement rentrer chez lui. Mais cela lui était impossible. Là, il était bel et bien enfermé. Sa chute était inéluctable. Il lui faudrait improviser une sortie.

« Quand rejoindrai-je le 7 ter rue de Pempoul ? »

Cela ne pouvait plus durer. Mais le lieutenant Tisdale l'incita à s'assoir sur le muret de zinc qui faisait tout le tour du bassin artificiel recouvert par le ponton massif.

- Mon ami, vous allez être bien ici, n'est-ce pas ? Vous allez pouvoir vous informer à propos de l'avancée du laser en compagnie du superviseur en chef, c'est un projet passionnant.

- Et impressionnant !

- Oui, vous vous rendez compte ? Bien sûr, vous êtes au courant du projet. Mais c'est le pourquoi du truc qui est dingue.

- Oui, ce n'est pas simplement une batterie de défense anti-aérienne.

- Vous plaisantez, j'espère ? C'est sûr, vous vous fichez de moi. Quand on y pense, sérieusement. Quand aura lieu l'effondrement tant annoncé, quand les pénuries énergétiques viendront, quand l'extinction des espèces et la disparition des protections naturelles, comme le pergélisol, surviendront, il n'y aura plus qu'à appuyer sur quelques boutons. Et bam ! Plus rien ou presque. Dans le secteur où nous sommes, ce sera incroyable. Et partout où des bases comme celle-ci existent, ce sera identique. Les gens comprendront que la providence les a assez protégés, qu'il faudra faire une croix sur l'idéal étatique, et que seules, peut-être, les grandes sociétés industrielles survivront. Ce sera grâce à elles, avec de nouvelles pratiques, que la richesse humaine et l'esprit d'innovation perdureront. Il y aura moins de population. Quand la fin arrivera, il y aura encore beaucoup d'endroits où aller, mais surtout il faudra éviter les grandes villes. Certaines mégapoles seront rasées. Les panneaux des satellites Data Epsilon, vous savez, vont refléter les rayons ioniques qui précipiteront la destruction de cités comme Saint-Pétersbourg ou pourquoi pas Londres, afin de sauvegarder la civilisation qui aura décliné à cause de son idéologie d'abondance.

- Certes, il faut bien en sacrifier quelques-uns, et la catastrophe est inéluctable !

- Quelques millions, eh oui mon ami. Il le faut. C'est inévitable, en attendant que ça se casse la gueule. Vous avez vu ce qui s'est passé, avec Hector Kolymatchouk, on l'a bien instrumentalisé en lui disant d'aller rencontrer des activistes du Donietsk. Il est allé là-bas, pensant qu'il pourrait parlementer avec des possédés de sa trempe, quel idiot de pacifiste ! et voilà le résultat : il a été brisé en deux par la déflagration, et sa réputation a fait le reste. Les mémoires laisseront vite de côté le pseudo-rôle de diplomate qu'il a cru jouer. Même s'il était dans notre organisation, il fallait bien un pantin validant la thèse de l'attentat venant d'un scélérat qui contesta ces bons vieux accords de Minsk. Fournissant par là-même à l'opinion publique un nouveau prétexte pour être hostile à la mouvance anti-Globaloon. L'incident du Vardar n'est qu'un échantillon mon ami, on ne pourra pas éviter la suite. Sur le navire, il n'y avait guère de belligérants ukrainiens ou de soudards des steppes, évidemment. En réalité, Kolymatchouk était juste hostile à la guerre, voilà pourquoi il a rejoint notre organisation, ce brave « Hésiode ». Toujours ouvert à parlementer avec nos ennemis, il représentait ce chantre antique de la paix, rejetant à la fois une chose et son extrême. Un idéaliste qui pense qu'on peut éviter les guerres, il aurait dû rester dans son coin, à l'abri avec ses utopies. Le River Delta était un leurre. Ce type apparaîtra comme un renégat et un criminel, à présent. Il est mort, qu'importe. Les gens croient parfois qu'on ne sait pas ce qu'on fait, que nous sommes des escrocs qui ne veulent pas voir que tout va s'écrouler, les Etats et le reste, avec les taux grotesques des billets enflammés. Mais ce sont des mécréants, des crevures, et nombreux sont ceux parmi eux qui disparaîtront pour combler le déficit des institutions financières et les records d'inflation à venir.

- Je connaissais bien Hector, il était l'agent parfait pour vous. Un Ukrainien du Donbass, c'était du pain béni. Tout le monde va croire qu'il est définitivement le coupable dans l'attentat du Vardar. En effet, c'était bien orchestré. Lui, il voulait bien faire, et je ne lui en veux pas vraiment qu'il ait gagné votre cause. Certains diront que c'était un sale traître, d'autres un vulgaire tueur semant la terreur et la pagaille. Mais pour moi, ça restera un type classe. Je me souviendrai toujours de lui. Vous vous faites passés pour des bienfaiteurs, alors que vous voulez conquérir de vastes territoires, comme tous les tyrans de l'Histoire. Vous faites exploser un bateau dans lequel j'aurais dû être. Mais vous m'épargnez pour quoi ? Pour sauver votre mise ? Vous voulez que je dénonce un ami dont le sacrifice a nui à ses aspirations. Voyez ce que vous faites, les guerres sociales que vous déclenchez, et même les guerres civiles que vous attisez. Vous déguisez des attaques pour défaire des pays stables, et vous accusez des bonhommes naïfs que vous dressez les uns contre les autres, tout cela soi-disant au bénéfice de la démocratie.

- Vous êtes donc Harold Gandelin, le trublion. C'est vous ! On aurait dû vous laisser partir avec les autres passagers il y a de cela quelques jours. Vous auriez bien tangué, ça vous aurait remuer les idées comme il faut…au lieu de ça, vous essayez de saborder nos plans ! Je vous laisse encore l'opportunité de changer d'avis.

- Mais je sais ce que je veux, je suis indépendant, et je n'irai nulle part, ni d'un côté, ni de l'autre. Et c'est Herald, pas Harold.

- Vous n'allez tout de même pas refuser une offre de Globaloon. Ou alors ça veut dire que vous préférez fuir vers d'autres cieux, et pourrir avec des charognes de votre espèce. A vous de choisir, après tout.

- C'est aimable à vous de vouloir ainsi me convertir à vos dogmes, mais non merci.

- Nous pouvons vous contraindre, nous avons des agents partout. Vous serez des leurs, et certains seront dans votre cas. De l'auto surveillance, en quelque sorte.

- D'accord, donc je n'ai pas le choix, sinon je vais finir comme Hector, si je comprends bien. Je m'insurge pourtant. Dostoïevski l'avait dit : « le temps où il sera indifférent de vivre ou de ne pas vivre, alors la liberté sera entière ». C'est le but de tout, et je tends vers cette liberté, je le sais, alors un conseil : ne vous fiez pas trop à vos utopies !

-    Si vous tenez à devenir un agent double incendiaire comme ce misérable, alors je vous garantis, Gandelin, que vous aurez beaucoup d'ennuis. Et d'illustres citations d'auteurs ne vous sauveront pas ! Mais vous n'en avez pas le courage, c'est certain. De plus, il est trop tard pour abandonner.

-    Vous dites n'importe quoi, Hector n'était pas celui que vous décrivez. Vous le savez pertinemment. Vous avez masqué cette affaire, sachant qu'il ne fomenterait rien contre vous. Il a été votre jouet, votre marionnette.

Ainsi, le ton avait vite changé entre les deux hommes, et pendant ce temps, Herald ne pouvait que constater que ses tribulations l'enlisaient irrémédiablement.

Epilogue

Tandis que la pression remontait sournoisement, les dernières paroles de Sir Gandelin n'étaient pas encore sorties de son gosier de goëland noyé. L'ennemi lui donnerait un répit.

Il entendit cette phrase jaillir inopinément du clapet aride de son interlocuteur :

« Je vous livre à Kenneth. Il s'agit de notre consultant en relation publique, et, à ses heures, il est aussi un excellent émissaire politique. Je crois que vous pourrez vous comprendre. En attendant, ne vous inquiétez pas, ici on ne risque rien. Quoi qu'il arrive, nous avons partout des solutions de repli, des confins de Marmara jusqu'à la mer Baltique. Par exemple, de cette base où vous vous trouvez, vous pouvez en rejoindre une autre qui est située sous l'eau, près du détroit de Bosphore. Il s'agit d'un lieu, faisant office de forteresse, à l'intérieur d'un pilastre, se trouvant sous la ligne de flottaison d'une ancienne plate-forme pétrolière, elle-même aujourd'hui occupée par des hydroliennes. Suite à la peur d'invasions massives en Europe, la plate-forme « Bismarck » avait été partiellement détruite par les bombardiers de l'alliance irano-syrienne en 2022. Les installations avaient été démantelées par les russes, mais c'est nous qui avons récupéré le jouet, voyez-vous. Réfléchissez-y, monsieur

Gandelin, nous avons prévu tout ce qu'il faut pour des soudards comme vous, contraint à une fuite perpétuelle, quoiqu'il advienne. Apparemment, vous avez apprécié cette petite excursion en beaver panzer, alors sachez qu'il fait également office de sous-marin de poche. »

Sur ces entre-faits, les deux nouveaux compagnons de galère s'introduisirent dans un ascenseur en titane. Il y avait visiblement plusieurs étages à grimper. Quatre exactement, tiens ! Comme pour se rendre à son appartement, même si cette habitude pouvait lui paraître, à ce moment, révolue. Herald fit la remarque à Kenneth. Il lui dit, en même temps et de façon laconique, que les services de leur organisation nébuleuse devaient sûrement connaître ce détail. « Effectivement ! », lui rétorqua le sage consultant qui avoua, sans difficulté aucune, qu'ils étaient au courant de tout sur lui, y compris ce qu'il mangeait au petit déjeuner, ou encore le courrier qu'il recevait dans sa boîte aux lettres, pas seulement sur internet. A ce moment, l'ascenseur se stoppa brusquement. Kenneth avait appuyé sur un bouton afin de faire volontairement une pause. Une machine à café automatique apparut derrière la grande glace qui avait pivoté. Tout était prévu, ici, pour que puissent se dérouler des entretiens confidentiels. Deux tabourets amovibles, encastrés dans une cloison, s'étaient dépliés d'un seul coup. Le dialogue se poursuivit :

- Vous voyez, c'est bien inutile que vous retourniez chez vous, ou alors ponctuellement, entre deux missions. Vous ne vous y sentirez plus jamais à l'aise. Nulle part, d'ailleurs. Cela ne sert à rien de résister. Habituez-vous déjà au confort de nos bastions retranchés.

- Comment cela, vous allez me confier des missions ? Mais, dites-moi, qui vous dit que j'accepterai ? Quelle outrecuidance ! Vous croyez me connaître, mais vous faites fausse route, je ne veux pas être un agent secret, du moins pas à votre compte.

- Oui, c'est bien cela qui nous plaît chez vous, ce n'est pas difficile de vous cerner, justement. Vous seriez un danger pour nous si vous étiez chargé de missions diplomatiques. Vous feriez preuve, sans nul doute, d'intelligence avec l'ennemi. En réalité, vous êtes fait pour l'action.

- Ah ! Vous me craignez, voyez-vous cela ! Vous vous dites que mon esprit tranche beaucoup plus vite que celui de mon ami Hector. En effet, je vous le dis tout de suite : mon ennemi, c'est vous.

- Nous le savons, n'ayez pas d'inquiétudes à ce sujet. Vous ne pouvez pas faire double jeu, étant donné votre caractère. Hector, lui, était avec nous sincèrement, il avait trahi ses idées pour éviter l'escalade. Nous savions d'où il venait. Les traces de ses premières accointances avec ces nouvelles républiques populaires subsistaient péniblement.

- Attendez, je vous interdis de salir à nouveau sa mémoire ! Il n'a trahi personne. Quant à moi, à propos de jeu, je préfère en sortir !

- C'est là que nous allons essayer de nous arranger, enfin surtout vous avec nous. Je vous le dis, vous ne pourrez pas en sortir comme cela, si facilement. Vous serez traqué. Sans-doute pendant longtemps, vous ressentirez amèrement cette surveillance. Ce sera invivable. Ou alors, avant même de tenter de respirer à nouveau, vous aurez un problème. Lorsqu'un jour, par exemple, nous trafiquerons la pompe à gasoil où vous ravitaillez encore votre voiture. Impunément, enfin bref.

- Qu'est-ce que vous me racontez ?

- Cela peut arriver très vite. C'est pourquoi, vous êtes contraint d'accepter votre première mission, camarade Gandelin.

- Cessez donc ces familiarités !

- A présent, vous connaissez de nombreuses choses sur nous, jusqu'à l'emplacement de plusieurs bases. En même temps, vous refusez de coopérer, pourtant vous n'avez plus le choix. Nous pouvons vous laisser en vie, et vous garantir une vie assez confortable, mais vous allez devoir nous rendre la monnaie.

- Mais encore ?

- Vous ne voulez pas nous écouter, hein, c'est bien cela ? Vous avez déjà renvoyé Miligan à ses études, mais je vous le dis : à la fin, vous ne vous en sortirez pas, ou alors…

- Ou alors quoi ?

- Faites exploser un pont pour l'organisation. C'est une offre que je vous fais. Acceptez cet accord.

- Comment ? Vous parlez d'une bêtise ! Avec quel sortilège voulez-vous encore m'embrouiller ?

- Nous vous avons déjà attrapé, Gandelin. Il ne sert à rien de vous démener. Réfléchissez calmement, c'est tout. En attendant, je vous donne cette lettre de votre camarade d'infortune. Elle est authentique. Hector était chanceux de vous avoir rencontré, tout de même.

-     Quel baratin vous déblatérez, espèce de minable sous-chef ! Je ne me laisserai pas faire.

-     Vous vous obstinez à ne pas salir son honneur, alors qu'il tente là de justifier des choix bien discutables. Vous êtes comiques, vous les supplétifs des barbares russes. Je vous laisse à vos rêves éveillés… ah ! j'oubliais, oui voilà, vous aurez probablement l'intention de vous enfuir, de vous réfugier quelque part. Seulement, ce serait une perte d'énergie. Chercherez-vous à aller aux îles Kouriles ? Certes, l'insularité peut prévenir la fin du monde, dit-on, de plus la déclaration commune de paix soviéto-japonaise est toujours active. Cependant, je vous avertis, méfiez-vous de ces contrées reculées dont les péninsules peuvent vite s'embraser dans l'indifférence générale. Pendant que l'Europe épongera toute la dette mondiale et que les épidémies traverseront la Mer de Chine, il faudra bien pulvériser quelques confettis, là et ailleurs. Mais, assez de blagues ! Tout cela pour dire que nous saurons vous retrouver n'importe où vous irez.

Kenneth Miller avait disparu derrière une grande baie vitrée qui s'était ouverte devant la porte de l'ascenseur. Herald, éberlué par ce qu'il venait d'entendre, se tenait debout dans le hall. A travers les parois transparentes, apparaissaient des collines vertes et rocailleuses.

La lettre, interceptée, et s'adressant à Herald, avait été envoyée par Hector quelques jours avant la fameuse croisière, à peu près au moment où tout s'était assombri dans leurs consciences respectives, mais pour des raisons très différentes : l'un avait été drogué, alors que l'autre remettait en question son engagement dans l'officine de renseignement occidentale. Le texte commençait par une supplique, où Hector demandait de la compréhension de la part d'Herald, ce qui pouvait paraître grotesque, mais était, en réalité, logique pour quelqu'un qui sent un piège se refermer tout autour de lui.

« Mon ami, tu penses certainement qu'un ichtyologue comme moi, avide de grands espaces marins, épris de liberté et de nature, rejetant les cachots stupides et les multiples entraves qui clôturent nos vies, n'aurait pas dû subir les chaînes de l'oppresseur. Mais, saches que la liberté demeure dans la tête et dans le cœur. Si j'ai choisi un chemin de compromission, c'est que je ne me sentais pas capable d'affronter cette adversité.

Donc voilà, j'ai eu l'idée de t'écrire cette lettre avant qu'il ne m'arrive peut-être un accident. En effet, au cas où je tombe dans un guet-apens, je tiens à ce que tu sois mis au courant de certains faits. Un complice, Elouarn Cardoudal, que tu pourrais d'ailleurs croiser un jour vers chez toi, m'a aidé à prendre la plume. Avant tout, et si jamais tu ne l'apprenais pas autrement, je t'annonce solennellement que je fais partie des forces factieuses de Globaloon. Je porte même constamment sur moi, de la manière la plus discrète possible, un pistolet Mauser DL-44. L'arme en question est plutôt un handicap en ce qui me concerne, puisque je ne sais pas vraiment m'en servir, mais c'est obligatoire. J'espère que tu ne vas pas me haïr pour ça, mais je te le dis : je ne suis donc pas dans le camp duquel tu pourrais te sentir proche. Pourtant, ma vision des évènements internationaux n'est pas si différente de la tienne, tu le sais. Je ne crois pas non plus en cette idéologie d'union civilisationnelle autour d'une simple politique commerciale. Je crois que ceux qui la prônent ne feront que trouver sur leur route tout ce qu'ils rejettent en apparence, c'est-à-dire un autoritarisme acharné, sauf que celui-ci sera à tendance universaliste.

Du reste, il existe déjà des mesures qui ont été prises depuis plusieurs années. Comme le prouvent les âpres négociations transatlantiques, par exemple, qui ont eu lieu sans l'accord des peuples. Il y a des gens haut placés, dans des milieux autorisés, comme dirait l'autre, qui sont là pour discuter de cela et du reste. Eux, ils ont accès à tout, ils nous autorisent juste le luxe de jouir de produits à la chimie pure, à nous l'extase ! Remercions-les, ces acteurs de haute cour, prosternons-nous au pied de ces rangs de patates. Désolé pour cet infâme trait d'humour, Herald ! C'est Elouarn qui voulait absolument glisser cela.

Je pense que, dans le futur, les grandes guerres ne viendront pas des nations, mais d'ensembles beaucoup plus larges et mal identifiés. Quand l'armée prendra ses ordres d'un groupe industriel, ce sera catastrophique. C'est déjà arrivé auparavant, mais c'était d'une ampleur peu comparable. Là, de nouveaux royaumes se forment, et ils sont financiers. Les mécanismes se font à très grande échelle. En même temps, il faut se préparer à voir renaître d'anciens gros blocs, sauf que dans le futur ils seront plus transparents qu'au vingtième siècle, on n'aura plus à se farcir des symboles truqueurs.

Mes opinions, mes idéaux, tout cela n'a pas changé, et nous aurons toujours, je l'espère, des dégoûts en commun. Mais je ne t'avais jamais rien dévoilé de ma troublante duplicité, car j'ai tenté de les infiltrer, ces rapaces. Mes prétendus compères commencent à se lasser, et je crains de recevoir l'estocade fatale. Je crois que je suis de plus en plus en danger. Tu sais, cette impression qu'on peut avoir, parfois, avec les téléphones portables : on croit qu'on regarde l'écran, alors que c'est lui qui nous scrute. Là, c'est un peu pareil. Ah, ces chantres du banditisme économique ! Sous couvert d'ouverture et de pluralisme, ils font éclater de larges contrées datant d'empires ancestraux, les déstabilisant ainsi et fragilisant des endroits comme le Kosovo ou l'est de l'Ukraine. Ils font s'embraser des conflits larvés en Europe, ou ailleurs.

Ceux qui approuvent les interventions armées, et asservissent les grands décideurs de l'orientation des peuples, sont les firmes maîtresses du monde, cherchant à s'enrichir grâce aux innombrables moyens juridiques et moraux dont ils disposent. Tu connais bien ces affaires de responsables corrompus, à tous les niveaux de l'état, dans les pays puissants. Cela influe ensuite sur le comportement de bien d'autres régions du monde. Mais plus rien n'a de sens, aujourd'hui. Des banquiers deviennent politiciens, des patrons filous sont recyclés dans la direction des armées pour couvrir des scandales gouvernementaux. On a vu, aux Etats-Unis, une entreprise phare laisser les gens sans courant dans le simple but de faire remonter le cours de ses actions. C'est toi-même qui m'avais parlé une fois du film « The Smartest Guys in the Room », de Gibney.

Donc, là je te le dis : je sens le traquenard. Cette mission dans les Balkans ne me remplit pas d'allégresse, je t'assure. Je les vois aisément me gratiner d'une belle farce, une bonne blague douteuse d'écornifleur. Mais ça ne me fait pas rire, ce n'est pas seulement mon honneur qui est en jeu, Herald. Je suis conscient qu'en apparence, je suis l'ennemi parfait. Ce ne serait pas la première fois que la vie d'un agent secret soit utilisée à des fins de publicité idéologique. Tant pis. Dans ce cas, je serai banni de tous à cause de lâches sans scrupules. Tu comprendras, le jour venu. »

Herald achevait la lecture. Il en était bien sûr ébranlé, enrageant toujours contre ses geôliers. Cela les arrangeait sans-doute de lui avoir expliqué à temps leur point de vue. Il faut dire qu'il les avait bien aidés, en montant dans le beaver panzer. Mais la lettre d'Hector comptait avant tout pour lui. Même si celle-ci, datée du 12 juin 2023, l'avait vraiment chamboulé et avait ébouriffé tous ses sens. Pourrait-il, un jour encore, dormir tranquillement ? Tandis qu'un air abrasif des Beastie Boys lui vint, ressurgissant de sa mémoire, un morceau qu'Hector écoutait parfois, Herald Gandelin fut pris d'un sentiment de mélancolie profond. Pourquoi ce serait à lui, le looser magnifique, de sauver quelque chose de cette dinguerie planétaire ? Perdu dans le flou total de sa réflexion, il remarqua qu'une note accompagnait la missive, et sortait de l'enveloppe. Elle était signée « Kenneth », le sous-chef de ligue. Comme par hasard. « Je fais dors-et-déjà partie de leur organisation crapuleuse », se dit Herald, « on s'appelle par nos petits noms. Fantastique ! » pouffa-t-il, cyniquement. Il l'a lue.

« Vous allez vous rendre au Mala Rijeka, avec la navette ultra-rapide que vous avez empruntée à l'aller. C'est un pont ferroviaire en acier, assez haut et ancien, qui fait la jonction entre la Serbie et le Monténégro. Un convoi d'échantillons bactériologiques doit le traverser ce soir, dans la nuit du 18 au 19, mais grâce à nos instructions, ça va envoyer du blast ! Vous trouverez les explosifs dans la mallette grise. Le train qui va se crasher fera beaucoup de victimes, mais normalement vous serez sauf si vous suivez bien les consignes. Un téléphone vous est fourni pour le déclenchement, vous actionnerez celui-ci à l'abri de la montagne. Un plan vous sera fourni. La détonation sonnera le glas de votre vie de citoyen lambda. Un gros crac ! Si vous êtes comme nous, monsieur Gandelin, et que vous savez ce que vous voulez, surtout ce que vous ne voulez pas, ce ne sera pas bien difficile. Nous vous contacterons par la suite, pour d'autres missions éventuelles. Il ne vous sera plus nécessaire, alors, de jouer au clandestin. Cette fois encore, nous souhaitons marquer l'opinion publique. Nous perdons des territoires à l'est. Il faut désorienter, désarçonner l'opinion. Et morceler davantage les Balkans. Comme nous avons fait auparavant au Kosovo. On ne doit pas vraiment savoir d'où ça vient. C'est une technique efficace, celle de déstabiliser les masses. Il faut des électrochocs. Des krachs psychologiques. Comme il y en a eu des financiers. Rien de tel que la dispersion en Europe de nuages toxiques. Comme on a eu les titres toxiques. Le shadow banking, le quantitative easing, et tout le toutim ! C'est une bonne idée, vous ne trouvez pas ? Peu importe où tout ça mènera. Les populations auront peut-être affaire à des guerres civiles, et en connaîtront les multiples joies et déceptions. Pire que dans les républiques autonomes, à Marioupol, Marinka, ou Odessa. Les problèmes sont trop importants. Il y aura des insurgés, des trêves, une instrumentalisation des minorités, des accords bidons. On a encore des bases anti-aériennes à construire, il nous faut bien des prétextes pour cela, surtout que notre présence est affaiblie en Anatolie et en Cappadoce. Peu importe. Il faut que ça implose un peu partout. On mettra ça sur le dos des usagers du transsibérien et de ses acolytes. Plusieurs organisations internationales ne nous ont pas lâchés, et sont toujours de notre côté. Et puis, ça va être spectaculaire cette déflagration, avouez-le ! On ne va quand même pas fomenter un conflit entre Micrasiates et Pomaks dans le but d'incendier par-delà la Grèce jusqu'au Proche-Orient ! Pourquoi ne pas faire appel aux descendants des Thraces, tant qu'on y est ? Assez causé, bonne chance, et n'essayez même pas de vous exfiltrer, ce sera peine perdue. »

Ces évènements dramatiques inspirèrent à Herald une réflexion sur sa condition d'homme libre, notion qu'avait également évoqué son camarade dans la lettre. Depuis une éternité, Gandelin se considérait comme quelqu'un dont l'esprit était indépendant. Autant que faire se peut. Il avait remarqué que les gens, souvent, s'empêchaient de penser. Ah ça, pourtant ils y avaient le droit. Mais ils s'en privaient la plupart du temps, appliqués qu'ils étaient à vomir toutes sortes de balivernes. C'est vers là qu'il penchait, le français, s'exprimer à tout crin, même si c'était pour dire des conneries, il fallait combler le vide de son esprit par un déferlement d'expressions toutes plus creuses et communes les unes que les autres. Herald, qui se voyait comme un type paumé, un romancier raté, un lanceur d'alerte usurpé, pas suffisamment informé, avait l'impression d'être en revanche plus lucide que d'autres dans quelques domaines. Sauf sur sa propre existence, bien sûr. Mais alors qu'il pensait finir par se perdre définitivement dans une vie sans reliefs, menant de vains combats contre ce qu'il jugeait ici censure, et là, propagande, il ne s'était jamais vu devenir espion. Pas même de la pensée. En substance, il songea :

« Le peuple, c'est quoi, en fait ? Ce n'est rien. Ou alors c'est l'oriflamme déchiré et souillé de ceux qui font semblant de le défendre. Le peuple, au fond, n'a de consistance que celle qu'on veut bien lui donner. Voilà, le peuple n'est qu'un prétexte, rien d'autre. Et moi qui m'en éloigne, moi qui vais m'en extraire, j'aurais voulu rester dans cette nasse soyeuse où chacun est invisible mais existe malgré tout, sans besoin de s'affirmer forcément, jouant juste à être soi-même. »

Herald Gandelin avait reçu un GSM tracker pour accomplir sa mission. Il était repérable, ne pouvant logiquement échapper à ce qu'on lui avait demandé de faire. Le timing était serré. Il fallait qu'il accomplisse son méfait dans un temps bien imparti. Sinon il serait vite retrouvé. C'est pourquoi il appela très rapidement un ami d'Hector. Ce dernier se trouvait à plusieurs milliers de kilomètres à l'est, mais il était muni d'un transpondeur pouvant détourner les transmissions satellitaires. Herald, désormais dans la peau d'un espion malgré lui, savait qu'il n'avait pas trente-six solutions. Soit il faisait ce qu'on lui avait demandé, soit il contrecarrait les plans de Globaloon. Cette fois, il ne pouvait pas rester sans rien faire, et il devait se libérer de ses entraves. Une batterie de missiles anti-aériens se trouvait à environ 150 kilomètres au nord. Herald se servit de son téléphone portable comme émetteur, et il transmit les coordonnées à l'agent ukrainien, au nom de code « Wrigley ». Six Buk-M2 se dirigèrent aussitôt vers le lac Kalimantsi. Le partage du monde continuerait, avec ou sans big data. Ce que faisait Herald n'était qu'un pas sur le long sentier des désastres et des carnages à venir. Des flèches scintillèrent au-dessus de la montagne où miroitait la lanterne du naufragé.

A l'approche de temps maudits, la démence menaçait les libres entités des civilisations où la seule élévation consistait à prendre un escalator. La bouée était percée, et le courant emmenait les reliques des êtres perdus dans les entrailles d'un monde où ils n'attendaient plus aucune aide. Herald Gandelin, simple citoyen, avait dû tomber dans un vortex temporel ! C'est du moins ce qui lui était apparu à cet instant de flash lumineux, jaillissant dans le marbre gris du ciel aux teintes écarlates. Et pourtant, c'était réel. Il était avant tout un êtrc humain, de passage. A part que, désormais, il avait l'impression qu'il ne pourrait plus s'arrêter nulle part. Il devrait trouver des refuges, lui qui avait sauvagement saboté les plans de Globaloon. Il était devenu un naufrageur, emporté par le cycle des évènements. Lui qui pensait n'être qu'un microbe, comme tout le monde, un parasite sur Terre, s'était trouvé une utilité confinant à l'anomalie dans une époque d'automates vivant leurs vies comme des fictions.

Remerciement : à celles ou ceux qui laissent au hasard la chance de dévier la trajectoire des perdants magnifiques.

Commentaire : merci de voir en cet ouvrage un roman fantastique, une vision fictionnelle et dystopique d'un futur proche, et dont l'objectif unique est celui de distraire.

Table